Das Buch:
Vierzehn Geschichten führen kreuz und quer durch die Welt und kreuz und quer durch die Zeit und regen an zum Nachdenken über das Leben, die Liebe, das Gute und das Böse.
Diese an anderer Stelle bereits veröffentlichten Erzählungen und Kurzgeschichten liegen hier erstmals in großer Schrift vor.

Der Autor:
D.G. Ambronn wurde am 3. Juli 1955 an der schleswig-holsteinischen Nordseeküste geboren. Er studierte Anglistik, Germanistik und Philosophie in Kiel und lebt auch heute noch im Norden, sofern er nicht gerade auf Reise ist.

Weitere Bücher von D.G. Ambronn:
– Dass du in Venedig wärst (Roman)
– Margherita und der dunkle Widerschein der Welt (Roman)
– Und was ist mit Rosemarie? (Ein Kieler Kriminaroman)
– Unbezähmbare Gezeiten. (Ein Kieler Kriminalroman)
– Eine irische Winterreise und andere Erzählungen und Kurzgeschichten
– Ein Reigen – Erzählungen und Kurzgeschichten

D.G. Ambronn

Ausgewählte Erzählungen und Kurzgeschichten

Großdruck

Bibliografische Information der Deutschen Nationalbibliothek:
Die Deutsche Nationalbibliothek verzeichnet diese Publikation in der Deutschen Nationalbibliografie; detaillierte bibliografische Daten sind im Internet über http://dnb.dnb.de abrufbar.

@ 2022 / 2023 D.G. Ambronn

Herstellung und Verlag: BoD – Books on Demand, Norderstedt

ISBN: 9783743115842

INHALT

	Seite
Was ich dir erzählen wollte*	7
Das kleine Eichhörnchen**	15
Wo nur Meer ist**	25
Salito und die Marktfrau vom Campo de' Fiori**	53
Das Märchen vom besonderen Weihnachtsgeschenk*	93
Das Opfer**	115
Kleine Mädchen, große Herzen*	123
Der Schakal und die Oase Zerzura**	137
Ein Teufel*	145
Die Fremde in ihrem Körper**	163
Die glückliche Straße von einst*	171
Wo die Verzückung weilt*	177
Eine irische Winterreise*	183
Die Fabel vom Habicht und der Nachtigall**	211

*) aus: *Eine irische Winterreise und andere Erzählungen und Kurzgeschichten*

**) aus: *Ein Reigen – Erzählungen und Kurzgeschichten*

Was ich dir erzählen wollte

Als ich hierher kam, um für immer zu bleiben, das war vor über zwanzig Jahren, da freute ich mich darauf, in dieser wunderschönen, großen Stadt leben zu dürfen. Aber inzwischen ist mir nur noch ein ganz kleines Stückchen von Rom geblieben. Nur noch das, was ich sehe, wenn ich aus dem Fenster schaue. Da vorne zwischen den Bäumen kann ich den Tiber sehen und ein wenig von der Engelsbrücke. Nur im Winter, wenn die Platanen kein Laub tragen, habe ich einen freien Blick auf die Engelsburg jenseits des Flusses.

Ich verlasse das Haus schon seit Jahren nicht mehr. Nach dem Frühstück bringt Signora Aversa mich hierher zu meinem Sessel am Fenster, und ich beobachte die Welt dort draußen. Es ist immer etwas los. Die Leute sagen, hier am Tiber mit all dem Verkehr ist es viel zu laut. Aber das stört mich nicht. Ich kann nämlich inzwischen nicht mehr so gut hören. Dir ist sicher auch schon aufgefallen, dass man mit mir etwas lauter reden muss, habe ich recht?

Hier sitze ich also und schaue aus dem Fenster. Wenn die Sonne scheint, so wie heute, freue ich mich, weil die Welt dann viel freundlicher aussieht. Den ganzen Tag lang sitze ich hier. Und ich warte. Ja, ich warte, und du fragst dich jetzt sicher, worauf ich warte. Eigentlich gibt es nichts mehr, worauf man mit 92 noch warten kann. Man hat ja schon alles hinter sich. Trotzdem warte ich. Auf irgendetwas. Was soll ich auch sonst tun?

Du bist das Mädchen – Oh, entschuldige! – die junge Frau, von der Ludovica mir geschrieben hat. Ihr nennt sie auch Lulu, so wie wir es getan haben, nicht wahr? Sicher hat sie dir gesagt, wo ich wohne. Bevor sie dir von mir erzählt hat, wusstest du wahrscheinlich nicht einmal, dass es mich überhaupt gibt. Wir sind ja nur sehr entfernt miteinander verwandt.

Dich nennen sie Debs, obwohl du eigentlich Deborah heißt. Ein schöner Name. Lulu meint, dass sie sich über deinen Besuch sehr gefreut hat. Ich habe meine Schwester schon seit Jahren nicht mehr gesehen. Zuletzt – lass mich nachdenken – ich glaube, das war vor zehn Jahren, als sie hier in Rom war. Ach, vielleicht ist es auch schon länger her. Ich bringe solche Dinge inzwischen oft durcheinander.

Da drüben auf der Anrichte steht ein Foto von ihr, das zweite von links. Du erkennst sie sicher nicht wieder. Damals war sie ein junges Mädchen und ging noch zur Schule. Das Bild da vor der Vase, das bin ich mit Esmond. Signora Aversa sorgt immer für frische Blumen. Sie meint, das gehört sich so bei einem Hochzeitsfoto.

Wir waren damals so glücklich miteinander. Leider ist es nicht immer so gewesen. Eine Zeit lang haben wir uns getrennt, aber am Ende haben wir uns doch wieder ausgesöhnt. Dann ist er gestorben. Ganz plötzlich. Ein Herzinfarkt. Das war vor zwanzig Jahren. Ich bin dann hierher nach Rom gezogen. Mein Vater war aus Rom. Er hat seine Heimat verlassen, als Mussolini an die Macht kam. Seine Eltern sind hiergeblieben, aber er, er ist nach England gegangen. Dort hat er meine Mutter kennengelernt, eine Engländerin, die nicht einmal katholisch war. Sie haben trotzdem geheiratet. Ganz rechts, das uralte Foto, das sind sie, meine Eltern, und das Kind auf dem Schoß meiner Mutter, das ist mein Bruder. Er hieß George, aber wir haben ihn Gino genannt. Hat Lulu dir von ihm erzählt? Wer die Menschen auf den übrigen Bildern sind, sage ich dir später einmal. Wenn es dich überhaupt interessiert.

Ich sehe es dir an, dass du dich hier wie in einem Museum fühlst. Wenn man jung ist, ist die Zukunft viel interessanter als die Vergangenheit. Aber, glaube mir, im Laufe des Lebens ändert sich das. Ich habe viel über die Vergangenheit nachgedacht, und dann habe ich das, woran ich mich noch erinnern konnte und was mir noch so durch den Kopf gegangen ist, schließlich auch aufgeschrieben. Eigentlich nur für die Kinder.

Lulu sagt, du hast es gelesen, als du in den Ferien bei ihr warst. Ich bin sicher, es hat dir nicht gefallen. Oh, du musst jetzt nicht aus Höflichkeit so tun, als wenn es anders wäre. Du lebst in deiner Welt und in deiner Zeit. So wie ich auch. Und ich konnte nur von meiner Welt und meiner Zeit erzählen. Ich sah auch keine andere Möglichkeit, als bei der Wahrheit zu bleiben, denn all die Menschen, von denen ich erzähle, sind ja schon tot. Nur ich und Lulu sind noch da, und Lulu war damals noch ein kleines Mädchen. Sie hat wahrscheinlich gar nicht richtig mitbekommen, was um sie herum passierte. Oder es zumindest nur aus ihrer kindlichen Sicht heraus wahrgenommen. Nur ich konnte noch berichten, was wirklich passiert ist. Ich habe das als große Belastung empfunden. Kannst du das verstehen? Wenn ich es nicht erzählt hätte, und zwar so, wie es wirklich gewesen ist, dann wäre alles vergessen und vergangen gewesen. Alles, was geschehen ist, und all die Menschen, die damals gelebt haben.

Vielleicht tut es mir einfach nur leid, dass meine Welt untergeht. Und ich mit ihr. Sie war am Ende doch so schön. Ich habe ja auch nie eine andere kennengelernt.

Aber dir hat es nicht gefallen. Das verstehe ich. Du hast diese Zeit nicht erlebt. Du siehst die Dinge so, wie es deine Zeit von dir verlangt. Als ich jung war, habe ich das auch getan. Ich habe es auch nicht gerne gehört, wenn die Älteren davon redeten, wie alles früher gewesen sei.

Ich habe erzählt, was Menschen im Krieg erlebt haben. Ja, davon musste ich berichten, denn das war das, was uns geprägt hat. Der Krieg mit all den Ängsten und der Sehnsucht nach Frieden und danach, dass alles eines Tages wieder gut wird.

Du hörst nicht so gerne, dass es Kriege gegeben hat und dass es sie immer noch gibt. Natürlich sagt dein Verstand dir, dass es sie gab und gibt, aber du möchtest nicht daran erinnert werden. Ich wünsche dir, dass du den Krieg tatsächlich vergessen darfst und er für dich nie Wirklichkeit wird. Aber ich habe einen Krieg miterlebt. Als er anfing, war ich gerade 13 Jahre alt, und als er vorbei war, war ich eine junge Frau. Aber das hast du ja alles gelesen.

Ah, da kommt Signora Aversa mit dem Tee. Du nimmst doch sicher auch eine Tasse, oder? Es ist Melissentee. Ich trinke schon lange keinen schwarzen Tee mehr am Nachmittag. Der bekommt mir nicht mehr so gut.

Die Sonne wird bald untergehen. Weil dies die Nordseite des Hauses ist, scheint sie praktisch nie hier ins Zimmer. Aber wenn sie scheint, liegt alles, was ich draußen sehe, im Sonnenlicht. Zumindest so lange, bis die Schatten der Häuser, so wie jetzt, die Bäume am Fluss erreichen. Um diese Zeit des Jahres sind die Tage ja leider schon sehr kurz.

Als ich noch jung war, kamen mir die Tage viel länger vor.

Das kleine Eichhörnchen

Das kleine Eichhörnchen lebte mit seinen Eltern im großen Wald am Rande der Berge, dort wo der Fluss entspringt. Es ging noch zur Schule und es tat das gerne, denn es mochte seine Lehrerin, die Gevatterin Murmeltier, sehr.

Eines Tages kam der Storch aus der großen Stadt am Meer zur Eule, die die Schule leitete. Lange sprachen sie miteinander, dann rief die Eule die Eltern aller Schüler zu sich.

„Der Storch hat mir Neuigkeiten aus der großen Stadt gebracht", sagte die Eule, als alle versammelt waren. „Die weisen Tiere in der Stadt haben über unsere Schule nachgedacht. Sie sagen, sie sei nicht so, wie eine Schule heute zu sein habe. Wir verschwenden viel zu viel Zeit damit, den Kleinen irgendwelche Dinge beizubringen, statt ihnen die Möglichkeit zu geben, sich selbst zu erkennen und herauszufinden, was für sie und ihr zukünftiges Leben wichtig ist und wie sie ihr Leben gestalten möchten. Das, die Suche nach sich selbst, hat in Zukunft das wichtigste Fach, ja, das einzige Fach zu sein, und es soll nicht hier in der Schule gelehrt werden, sondern draußen in der weiten Welt. Wir werden also in Zukunft nur noch einmal am Ende eines jeden Schuljahres überprüfen, welche Fortschritte die Schüler auf der Suche nach sich selbst gemacht haben. Dies wird dann aber eine ganz strenge Prüfung werden, und wer nicht mindestens ein Befriedigend erreicht, wird nicht in die nächste Klasse versetzt werden."

Die Eltern warfen einander irritierte Blicke zu, aber da die Eule sehr klug war, sagten sie nichts.

Als die Eltern des kleinen Eichhörnchens nach Hause kamen und ihm erklärten, dass es nicht mehr zur Schule gehen dürfe, sondern sich selbst suchen solle, war es erst ein wenig traurig, weil es doch immer so gerne zur Schule gegangen war. Dann aber nahm es sich vor, das Beste daraus zu machen, und bald gefiel es ihm, immer bei den Eltern zu sein und zu beobachten, was sie den lieben langen Tag taten. Schon bald begann es, ihnen alles nachzumachen. Wenn es alles lernen würde, was ein Eichhörnchen wissen muss, würde es auch im späteren Leben zurechtkommen, ohne die Schule besucht zu haben.

So gut es konnte, half es den Eltern und sammelte auch allerlei Nüsse und Samen für den kommenden Winter. Aber da wurde der Vater böse und verbot ihm das.

„Du sollst uns nicht alles nachmachen. Wie willst du am Ende des Schuljahres die Prüfung bestehen, wenn du immer nur tust, was wir tun, und dir keine Mühe gibst, dich selbst zu finden?"

Als die Mutter sah, wie traurig das kleine Eichhörnchen wurde, als es das hörte, ging sie zur Katze und fragte sie um Rat, denn die Katze war fast so klug wie die Eule.

„Schickt euer Kind auf Wanderschaft, damit es die Welt kennenlernen und sehen kann, welche Möglichkeiten ihm offenstehen", sagte die Katze.

Also gaben die Eltern dem kleinen Eichhörnchen ein Bündel randvoll mit Nüssen von ihrem Vorrat als Wegzehrung und schickten es fort.

Als erstes traf das kleine Eichhörnchen einen Löwen und fragte ihn, was er denn mache.

„Meistens schlafe ich", antwortete der Löwe. „Und zwischendurch jage ich andere Tiere und fresse sie."

Der Löwe gähnte und das kleine Eichhörnchen sah die dolchartigen Fangzähne, sah in den riesengroßen Schlund und bekam Angst. Schnell lief es weiter und sagte dabei zu sich: „Nein, so ein furchtbares Wesen wie dieser Löwe möchte ich nie werden."

Nach einer Weile hörte es den wunderschönen Gesang einer Nachtigall.

„Guten Tag, werter Herr Nachtigall. Wie schön ihr singt. Was würde ich dafür geben, wenn ich auch so schön singen könnte."

„Das schlag dir aus dem Kopf, du dummes Eichhörnchen", antwortete die Nachtigall. „Nur, wer so wie wir darauf vertraut, dass da ein anderer ist, der für uns sorgt, ist frei genug, sich ganz der Kunst des Gesangs hinzugeben. Ihr Eichhörnchen hingegen verschwendet eure Zeit damit, Vorräte für den Winter anzulegen. Ihr werdet nie den Zauber des Schönen ganz erfassen können."

„Aber ich habe gar nichts gesammelt, denn das haben die Eltern mir verboten. Und sie haben recht getan, denn ich wäre so gerne eine Nachtigall."

„Einmal ein Eichhörnchen, immer ein Eichhörnchen", flötete die Nachtigall. „Und jetzt stör nicht weiter meinen Gesang. Fort mit dir!"

Enttäuscht zog das kleine Eichhörnchen weiter. Da kam ihm eine gute Idee. Als es das nächste Mal an einem wunderschönen, mächtigen Baum vorbeikam, es war eine Buche, sagte es zu dem Baum: „Lieber Herr Buche, ihr Bäume seid doch unsere Freunde, nicht wahr? In eurem Geäst dürfen wir herumtoben und in eurem Schoß ruhen und wenn uns Gefahr droht, bietet ihr uns Schutz. Ich wäre gerne einer von euch, du guter Freund."

Der Baum sah nachdenklich zu dem kleinen Eichhörnchen herab und sagte dann: „Ein weiser Baum hat einmal gesagt, wir fühlen uns hingezogen zu denen, die ganz anders sind als wir selbst. Wenn du einer von uns werden würdest, so fürchte ich, könnte ich nicht mehr dein Freund sein. Geh also weiter und bleibe mein Freund. Sieh einmal da vorne, die Wiese mit all den Blumen. Frage dort, ob du eine von ihnen werden kannst."

Das kleine Eichhörnchen bedankte sich bei dem großen Baum und ging weiter.

Die Blumen auf der Wiese waren alle wunderschön. Das kleine Eichhörnchen zögerte einen Moment, dann sprach es eine Lilie an, die einen verführerischen Duft ausströmte.

„Nein", antwortete ihm die Lilie. „Du kannst keine von uns werden. Du hast ja nicht einmal Wurzeln, wie willst du denn da uns Blumen gleich werden?"

Und die anderen Blumen auf der Wiese lachten das kleine Eichhörnchen aus.

„Aber wenn ich nicht einmal eine Blume werden darf, was soll denn dann aus mir werden?"

Die Rose, die schönste unter den Blumen, wurde jetzt zornig und rief: „Du hast gehört, was die Lilie gesagt hat. Also verschwinde, du Dummkopf, oder ich steche dich!"

Das kleine Eichhörnchen verhüllte sein Gesicht mit seinem wunderschönen buschigen Schwanz, weil die Blumen nicht sehen sollten, dass es weinte, und ging fort. Es versteckte sich in einer kleinen Höhle und war furchtbar unglücklich, denn bald würde der Winter kommen. Wenn es doch wenigstens einen Vorrat an Nüssen angelegt hätte. Das hatte es nicht getan, weil es doch kein Eichhörnchen mehr sein sollte. Außerdem hatte es sich das nicht getraut. Sicher hätten die Eltern mit ihm geschimpft, wenn sie erfahren hätten, dass er dasselbe tat wie sie. Hätte ich doch bloß ein Eichhörnchen bleiben dürfen. Jetzt werde ich wohl verhungern müssen, sagte sich das kleine Eichhörnchen und weinte noch mehr bittere Tränen.

Aber die Gevatterin Murmeltier, das einst seine Lehrerin gewesen war, kam zufällig des Weges, hörte das herzzerreißende Schluchzen und nahm das kleine Eichhörnchen aus seiner kleinen Höhle. Sie hielt es behutsam in ihren Tatzen, die stark waren vom vielen Graben, drückte es liebevoll an sich und sagte: „Warum weinst du denn, kleines Eichhörnchen? Weil du ganz allein bist? Komm mit in unsere Höhle, zum Gevatter Murmeltier und unseren Kindern. Da ist auch Platz für dich. Dort verbringen wir alle zusammen den Winter."

„Aber ich muss verhungern, weil ich nichts zu essen habe, denn ich habe keine Vorräte gesammelt."

„Mach dir keine Sorgen. Wir haben auch nichts gesammelt, denn wir schlafen den ganzen Winter, und wir werden dich in unsere Mitte nehmen und dann hältst du mit uns zusammen Winterschlaf."

„Kann ich das denn? Ich bin doch ein Eichhörnchen."

„Oh ja, natürlich kannst du das. Ich erzähle dir eine wunderschöne Gutenachtgeschichte, eine, wie du sie noch nie gehört hast, und dann wirst du den ganzen Winter schlafen."

Und tatsächlich war die Geschichte, die die Gevatterin erzählte, als sie alle aneinander gekuschelt in der Murmeltierhöhle auf dem weichen Bett aus Laub lagen, so schön, dass das kleine Eichhörnchen aufhörte zu weinen, sich an das weiche Fell der Gevatterin schmiegte und, als die Geschichte zu Ende war, einschlief.

Wo nur Meer ist

„Was machst du denn hier? Wer bist du überhaupt?"

„Hallo." Er musterte sie herausfordernd. „Ich bin Matteo." Dann lächelte er und machte eine knappe Kopfbewegung in Richtung der Treppe, die zur Küche hinunter führte. Von dort war das Klappern von Küchengeschirr zu hören. „Ich bin der Neffe von Angelina. Und du? Du bist wohl die Tochter von dem englischen Signore, dem das Haus gehört, oder?"

„Ich heiße Alathea."

„Wie?"

„Alathea."

„Ah, okay. Aletheia. So wie sein Boot unten im Hafen. Ja?"

„Ja, so ähnlich."

„Das ist ein schönes Boot. Bei Serenella in Venedig gebaut. Und verdammt teuer."

„Kann sein. Ich interessiere mich nicht für Boote."

„Nein? Ich schon." Er taxierte Alathea wieder einen Moment lang. „Wofür interessiert man sich denn so, wenn man für schicke Motorboote nichts übrig hat?"

„Für andere Sachen."

„Ach! Interessierst du dich auch für Jungs?"

„Wenn sie nett sind. Dann vielleicht."

„Soll ich dir zeigen, wie nett ich sein kann?"

„Ich glaube, du hast mich missverstanden."

„Schade." Matteo lächelte schief. „Na gut. Ich merke, ich bin genauso wenig dein Fall wie die Aletheia." Er wandte sich ab, um zu gehen, aber dann machte er doch noch einmal kehrt. „Bleibst du übrigens lange hier?"

„Vielleicht ein paar Wochen. Wenn ich nicht vorher Lust bekomme, woanders hinzufahren."

„Dann sehen wir uns ja vielleicht noch mal."

„Warum nicht?" Alathea zögerte einen Moment. „Willst du zum Hafen runter? Ja? Wenn du den Weg durch den Garten nimmst, können wir ein Stück zusammen gehen."

„Ja, warum nicht?"

Beide blinzelten, als sie aus dem Halbdunkel San Salvatores ins grelle Sonnenlicht kamen. Sie stiegen die Stufen zum Garten hinunter und folgten dann dem Weg, der sich zwischen den Bäumen in weit ausladenden Serpentinen den Hang zum Hafen hinunterschwang.

Als sie nach einer Weile an einer kleinen Wiese vorbeikamen, sagte Alathea: „Wollen wir uns nicht einen Moment hinsetzen?"

Matteo machte eine zustimmende Handbewegung. „Aber pass auf, dass du dir deine Klamotten im Gras nicht einsaust."

„Na und?"

Sie setzten sich.

„Wohnst du hier in Portolena?", fragte sie.

„Nein, ein Stück in Richtung Santa Chiara."

„Und was machst du so? Erzähl mal."

Matteo hob die Schultern. „Nichts ... so gut wie nichts. Manchmal, wenn jemand auf einem der Fischkutter ausfällt, darf ich einspringen und fahre mit raus. Mein Vater ist Fischer."

„Hier in Portolena?"

„Nein, drüben in Santa Chiara, da wo die großen Kutter sind."

„Hat dein Vater ein eigenes Schiff?"

Matteo lachte. Ihre Frage schien ihn zu amüsieren. „Nein, natürlich nicht."

„Und was willst du später mal machen?"

„Natürlich auch Fischer werden. Vielleicht bekomme ich auf einem Kutter irgendwann mal was Festes. Und du?"

„Ich weiß nicht. Ich bin ja gerade erst mit der Schule fertig. Vielleicht studiere ich."

„Das wäre nichts für mich."

„Na ja, meine Eltern erwarten das von mir, aber ich bin mir noch nicht so sicher."

Alathea ließ sich zurücksinken und lag dann, die Hände hinter dem Kopf gefaltet, auf dem Rücken im Gras. Vielleicht beobachtete sie die wenigen Wolken, die am blauen Himmel entlangzogen, vielleicht hatte sie aber auch etwas ganz anderes vor Augen.

Eine Weile sprach keiner von ihnen, dann sagte Alathea: „Finger weg!" Ihre Stimme klang nicht unfreundlich, aber bestimmt. Sie richtete sich auf. „Ich glaube, ich muss wieder zurück. Seit gestern bin ich nicht mehr allein. Es sind Freunde meiner Eltern da. Oder Verwandte. Ich weiß das gar nicht so genau. Jedenfalls gibt es jetzt feste Zeiten fürs Essen. Wenn du Lust hast, können wir uns hinterher treffen. Oder hast du schon was vor?"

„Eigentlich nicht." Matteo zögerte einen Moment. „Da fällt mir was ein. Sag mal, kommst du an die Schlüssel ran?"

„Welche Schlüssel?"

„Na, die vom Boot."

„Wieso?"

„Wir könnten eine kleine Spritztour machen."

„Mit der Aletheia?"

„Aber ja doch! Das ist ein prima Boot. Wir hätten sicher 'ne Menge Spaß."

„Ich weiß nicht. Nur wir beide? Braucht man hier in Italien nicht so 'ne Art Führerschein für ein Motorboot?"

Matteo zuckte die Schultern.

„Hast du den denn?"

„Man braucht keinen." Er grinste. „Solange man sich nicht erwischen lässt. Also, was ist? Weißt du, wo die Schlüssel sind?"

„Angelina hat sie. Sie hat alle Schlüssel in Verwahrung. Vielleicht gibt sie sie dir."

„Von wegen. Ich bin der Letzte, dem sie sie geben würde. Aber wenn du sie fragst. Das ist was anderes. Schließlich gehört das Boot deinem Vater."

„Und wenn sie wissen will, wieso ich die Schlüssel haben will?"

„Erzähl ihr, du willst irgendwas holen, was an Bord ist. Was du da vergessen hast. Oder erzähl irgendwas anderes. Dir fällt doch bestimmt was ein, oder?"

„Und dann?"

„Na, dann fahren wir mit dem Boot ein bisschen durch die Gegend."

„Ich weiß wirklich nicht."

„Hast du keine Lust? Oder hast du etwa Angst?"

„Von wegen! Aber meinst du denn, dass du mit dem Boot klar kommst?"

„Sicher." Matteo stand auf. „Also abgemacht, ich warte unten am Gartentor auf dich. Um drei. Bis nachher." Er zwinkerte ihr listig zu und ging dann den Weg Richtung Hafen hinunter. Sie sah ihm hinterher. Nach der nächsten Biegung, als sich ihre Blicke noch einmal kurz trafen, streckte er lachend einen Daumen in die Höhe. Dann verschwand seine Gestalt im üppigen Grün der Büsche und Bäume.

Alathea blieb recht lange wie in Gedanken versunken im Gras sitzen, dann stand sie auf und ging zum Haus zurück.

„Da bist du ja endlich!", empfing George sie, als sie das Esszimmer betrat. „Carrie, läute doch bitte, damit Angelina endlich auftragen kann."

„Tut mir leid, ich war im Garten und habe gelesen und dabei die Zeit verpennt."

Angelina servierte ihnen gute ligurische Hausmannskost.

Als George sich Wein nachschenkte, studierte er das Etikett.

„Roero Arneis. Dieser Wein ist ja gar nicht von hier. Der ist aus dem Piemont. Aber nicht schlecht. Wirklich nicht."

„Du solltest mittags nicht so viel trinken", meinte Carrie. „Nicht bei dieser Hitze."

„Aber Liebling, wir sind doch im Urlaub, und so lange ich mich nur für Wein und nicht für Weiber interessiere ..." Er lachte ein bisschen zu laut. „Aber diese gefüllte Kalbsbrust ist irgendwie nicht mein Fall."

„Angelina hat mir erzählt, Fabrizio de André hätte sogar ein Lied über dieses Gericht gemacht."

„Ach ja? Aber hat er das Zeug auch gegessen? Wer ist das denn überhaupt, dieser ... wie hieß er doch gleich?"

„Fabrizio de André. Ich glaube, in der Füllung sind auch Innereien mit drin."

„Ja, das wirds sein, Liebling. Das erinnert mich an die Wurst, die ich mal im Tessin gegessen habe. Auch was mit Innereien. Sie nannte sich Mortadella, aber war irgendwie keine richtige Mortadella. Das war damals, als ich mit James im Tessin war. Zum Wandern." George wandte sich an Alathea. „James, du weißt schon, *der* James, James Finsburg-Stallard. Und wir haben dort nicht nur die Tessiner Mortadella kennengelernt, sondern auch ein Schweizer Mädel, eine gewisse Bella. Hübsch war sie wirklich, aber ein ganz schlimmes Luder." George grinste. „Erst hat sie James heißgemacht und dann mich. Nur so, um ihren Spaß zu haben."

„Ach? Dich auch?", fragte Carrie.

„Na ja, so richtig natürlich nicht. Ich habe eigentlich nur so getan, um James zu ärgern. Der war nämlich total hin und weg."

„Du bist ein Ekel."

„Man will sich doch auch mal ein bisschen amüsieren."

„Der arme James."

„Nein, aber jetzt mal ganz ehrlich. Diese Bella war kein Mädchen für ihn, und je länger er sich Hoffnungen gemacht hätte, desto größer wäre am Ende die Enttäuschung gewesen. Urlaubsflirts sind sowieso nichts für Menschen, die ihre Gefühle ernst nehmen. Und James ist so ein Typ."

„Und was bist du für ein Typ?", fragte Alathea. „Einer, der seine Gefühle nicht so ernst nimmt?"

„Vielleicht. Ja, schon möglich."

„Wer seine Gefühle nicht ernst nimmt, der hat keine Gefühle", sagte Carrie.

„Genau!", pflichtete Alathea ihr bei.

„Oho! Die Damen verbünden sich gegen mich."

„Unsinn!", sagte Carrie. „Urlaubsflirts sind einfach immer wunderschön. Und der Schmerz, wenn alles vorbei ist, der muss sein. Er beweist doch überhaupt erst, dass etwas sehr Schönes zu Ende gegangen ist."

„Nein, ich lasse lieber meine Finger von einer Sache, bevor ich mir die an ihr verbrenne."

„Und versäumst so viel dabei", fügte Carrie hinzu.

Das Essen zog sich hin, sodass Alathea sich am Ende beeilen musste, um rechtzeitig unten am Gartentor zu sein. Matteo wartete schon auf sie.

„Hast du die Schlüssel?"

„Ja."

„Klasse. Habt ihr übrigens ein *Canotto*?"

„Ein was?"

„Ein *Canotto*."

„Was ist das?"

„Na, ein Boot zum Aufblasen. Oder irgendwas in der Art. Um an Bord zu kommen. Die Aletheia ist doch draußen an einer Boje festgemacht. Wir könnten natürlich auch hinschwimmen."

„Da drüben, da in dem Schuppen. Da war immer ein kleines Dingi."

Als sie in dem windschiefen Verschlag tatsächlich fündig wurden, meinte Matteo gut gelaunt: „Na also! Dann kanns ja losgehen!", und lud sich das kleine Kunststoffbötchen auf die Schulter.

Er ließ es an einer Stelle zu Wasser, wo man leicht ins Dingi gelangen konnte. Im Nu hatten sie die kurze Strecke zum Motorboot zurückgelegt und gingen an Bord.

„Oh verflucht", meinte Alathea nach einem Blick auf die vielen Armaturen im Führerstand. „Das sieht aber alles ganz schön kompliziert aus. Das ist mir früher nie so aufgefallen. Und du denkst, dass du damit zurechtkommst?"

„Warum nicht? Hier, das runde Ding, das so aussieht wie das runde Ding im Auto, damit steuert man das Boot vermutlich."

„Idiot!"

„Und hier gibt man Gas. Ja, und da unten, da kommt der Zündschlüssel rein. All der andere Kram ist nicht so wichtig."

„Willst du nicht ausprobieren, wofür all die Schalter und Knöpfe sind?"

„Doch nicht hier im Hafen! Viel zu verdächtig. Da drüben, da ist die Wache von der *Guardia Costiera*." Matteo deutete mit Verschwörermiene auf ein unscheinbares Gebäude auf der anderen

Seite des kleinen Hafens. An einem Mast davor hing eine Trikolore schlaff herab.

„Was für eine *Guardia*?"

„*Costiera*. Küstenwache."

„Ah, die *Coastguard*?"

„*Coastguard*? ... Ach so, ja. Ja, genau. Also, wir sehen zu, dass wir von hier wegkommen und alles andere später."

„Wohin wollen wir denn fahren?"

„Einfach nur weg. Am besten dahin, wo nur noch das Meer ist und sonst gar nichts."

„Aber finden wir denn dann später auch wieder zurück?"

„Na klar, wir haben doch einen Kompass. Auf gehts!"

„Nehmen wir das Dingi mit?"

„Blödsinn. Ich habe es an der Boje vertäut, und wir kommen ja schließlich wieder hierher."

Als er den Dieselmotor zu starten versuchte, sprang der sofort an und Matteo grinste kurz zu Alathea hinüber. Dann konzentrierte er sich wieder auf das Boot. Er gab ganz vorsichtig Gas. Unauffällig und wie selbstverständlich steuerte er die Aletheia aus der Bucht heraus.

„Klingt geil, der Motor, nicht wahr? Ein Volvo Penta ist das. Klasse Teil", sagte Matteo.

„Wenn du meinst."

Die Aletheia umrundete die Spitze der Halbinsel mit dem weißen Leuchtturm darauf und fuhr in die Weite des Golfs von Genua hinaus. Matteo lenkte sie in südwestliche Richtung, fast in Richtung der Sonne, sodass deren Strahlen auf der Wasseroberfläche vor ihnen tausendfach gleißten und glitzerten.

Als sie ein Stück weit vom Land entfernt waren, gab Matteo richtig Gas, das sonore Motorengeräusch wurde zu einem hellen Singsang, während sich gleichzeitig der Bug mehr und mehr aus dem Wasser hob.

„Muss das sein?", rief Alathea.

Matteo zuckte die Schultern, nahm dann aber wieder etwas Gas weg.

„Gibt es hier draußen einsame Inseln?", fragte Alathea.

„Einsame Inseln? Nein, hier in der Gegend sind keine Inseln. Da müssten wir ziemlich lange Richtung Süden fahren. Hier ist nichts als Wasser."

„Ich dachte nur gerade an den Grafen von Montecristo."

„Montecristo? Die ist verdammt weit weg. Noch ein Stück südlich von Elba. Auf der Insel gibt's auch keinen Grafen. Da sind nur wilde Ziegen."

„Schade", sagte sie eher zu sich selbst. „Wir sind hier also inmitten einer endlosen Wasserwüste." Wenn sie von San Salvatore aus aufs Meer schaute, waren eigentlich immer irgendwo Schiffe zu sehen, unterwegs nach Genua oder von dort aus wer weiß wohin, aber wenn sie sich jetzt umsah, war der Horizont leer. Weit und breit war nichts als Wasser zu sehen. Wasser und Himmel. Zwei sich wunderbar ergänzende Blautöne. „Nur wir sind noch da, mitten in dieser Wüste."

„Stimmt. Und was machen wir?" Matteo nahm Gas weg, bis das Geräusch des Motors erstarb und das Boot immer langsamer wurde. Schließlich schaukelte es nur noch sanft in der leichten Dünung hin und her. „Ich habe eine Idee. Wir gehen ins Wasser."

„Hier? Mitten im Meer?"

„Warum nicht?"

„Ich weiß nicht. Und wenn uns was passiert?"

„Was soll uns denn passieren? Oder kannst du etwa nicht schwimmen?"

„Doch. Natürlich kann ich schwimmen."

„Na also."

„Und hinterher? Wie kommen wir wieder ins Boot?"

„So hoch ist die Bordwand nun auch wieder nicht. Und außerdem, den Tampen, der da liegt, den können wir über Bord hängen." Ohne weiter auf eine Antwort zu warten, befestigte Matteo das eine Ende jener Leine an einer Klampe und warf das andere dann ins Wasser.

„Ich habe aber keinen Badeanzug dabei."

„Den brauchst du hier auch gar nicht. Es guckt ja keiner."

Alathea zögerte immer noch.

Matteo lachte. „Du hast doch nicht etwa Angst vor Haien?"

„Gibt es denn hier welche?"

„Na klar. Obwohl sie normalerweise mehr im Süden sind. Aber auch in der Nähe von Portolena ist schon mal eine Frau angegriffen worden. Von einem weißen Hai. Aber er hat nur ihr Kanu angeknabbert, sie nicht. Also kommst du nun mit oder nicht?"

Während Matteo redete, hatte er begonnen, sich auszuziehen. Alathea beobachtete ihn dabei aus den Augenwinkeln. Als er nackt war, sprang er den Kopf voran ins Wasser und mit wenigen kraftvollen Zügen entfernte er sich vom Boot. Dann wandte er sich um.

„Was ist? Wo bleibst du?"

Langsam, eher zögerlich entkleidete Alathea sich. Als auch sie nackt war, ließ sie sich vorsichtig an der Bordwand hinunter ins Meer gleiten. Mit hastigen Brustzügen schwamm sie zu Matteo hin, der immer noch in einiger Entfernung vom Boot auf sie wartete.

„Komisches Gefühl", stieß sie hervor. „So ohne was zu baden. Das Wasser kommt einem dabei viel kälter vor."

„Wenn man immer nur an der Küste im flachen Wasser planscht ... da ist es natürlich viel wärmer."

„Und jetzt sind wir mitten im Meer. Aber was ist, wenn ...?"

„Wenn was?"

„Ich weiß nicht. Es ist einfach nur irgendwie heftig. Das alles."

Matteo lachte wieder.

„Weißt du, wie tief es hier ist?", fragte Alathea.

„Keine Ahnung. Ein paar Hundert Meter bestimmt. Vielleicht sogar an die tausend. Auf jeden Fall allemal so tief, wie die Haie es gerne mögen."

„Ach, hör doch auf mit dem Scheiß!"

„Gut, dann höre ich auf damit."

Matteo schwamm näher zu Alathea heran und legte seinen Arm um ihre Taille. Er machte Anstalten, sie zu küssen, und sie ließ es geschehen. Sie verharrten ganz in diesem Kuss und für einen Moment versanken sie im Meer. Dann kamen sie prustend wieder hoch.

„War das besser?", fragte er.

„Es geht ... Nein, es war tatsächlich besser. Aber irgendwie macht es mich nervös, dass unter mir nichts als Wasser ist. Kann es hier wirklich so tief sein? Tausend Meter?"

„Tausend, vielleicht auch nur achthundert oder so."

„Wahnsinn."

„Schon bei zwei Metern würdest du doch ertrinken, wenn du nicht schwimmen könntest. Was ist so schlimm, wenn es ein paar Hundert sind?"

„Das sagst du so einfach. Ich kriege ehrlich ein bisschen Panik. Wollen wir nicht lieber wieder zurück an Bord?"

„Wenn du möchtest."

Matteo schwamm neben ihr her, bis sie das Boot erreicht hatten. Dann sagte er: „Warte, ich helfe dir." Er schwang sich an Deck, ohne den Tampen zu benutzen. Dann beugte er sich hinunter, reichte Alathea seine Hände und zog sie mühelos zu sich ins Boot. Grinsend begutachtete er ungeniert die nackte junge Frau.

„Kannst du nicht ein bisschen woanders hingucken?"

„Ne, dann seh' ich dich ja nicht mehr."

„Haben wir hier nichts, womit man sich abtrocknen kann?"

„Woher soll ich das wissen? Außerdem wirst du dich bei diesem Wetter bestimmt nicht erkälten."

„Ich friere trotzdem. Es ist der verdammte Wind." Sie hatte tatsächlich angefangen zu zittern.

In einem Schapp in der Kabine fanden sie schließlich ein Handtuch.

„Gib her", sagte Matteo. „Ich frottiere dich." Energisch rubbelte er ihren Körper mit dem Handtuch ab, während sie gleichzeitig lachte und mit den Zähnen klapperte.

Als er aufhörte, sagte sie: „Ich glaube, ich bin echt in dich verknallt", worauf Matteo nichts erwiderte, sondern sie nur fast ein wenig fragend ansah.

Die Sonne war nicht mehr weit vom Horizont entfernt, als sie wieder Richtung Portolena fuhren.

„Verflucht", sagte Matteo.

„Was ist denn?"

„Hier. Das ist, glaube ich, die Tankanzeige." Er klopfte ein paar Mal mit dem Finger auf die Glasscheibe des betreffenden Instruments, aber der Zeiger verharrte nahe des roten Bereichs. „Viel Sprit haben wir nicht mehr, fürchte ich. Hoffentlich …"

„Ist das jetzt schon wieder einer von deinen dummen Witzen?"

„Reg dich nicht auf", antwortete er ohne zu lächeln. „Noch ist der Tank ja nicht leer. Gut möglich, dass es reicht."

„Ich hab es doch gleich geahnt", brauste Alathea auf. „Ich hab gewusst, dass das nicht gut geht. Wieso habe ich mich nur mit einem wie dir eingelassen!"

„Was meinst du mit *einem wie dir*?"

„Egal. Erzähl mir lieber, was wir jetzt machen."

„Weiterfahren. Noch ist der Tank ja nicht leer. Außerdem haben wir das Funkgerät und irgendwo finden wir auf diesem blöden Kahn vielleicht auch eine Signalpistole."

„Und was suchst du da jetzt?"

„Den Schalter für die Positionslichter."

Tatsächlich war inzwischen die Sonne dabei im Meer zu versinken und mit der für Bewohner nördlicherer Gefilde ungewohnten Schnelligkeit wich der Tag der Nacht. Dann war Matteo fündig geworden, und rechts und links außen an der Kabine flammten dort ein grünes, hier ein rotes Licht auf und dazu ganz vorn am Bug ein weißes.

Es war noch nicht ganz dunkel, da sagte Matteo: „Siehst du da vorne? Das ist das Leuchtfeuer von Portolena."

„Gott sei Dank. Wann können wir da sein?"

„Keine halbe Stunde mehr."

„Es sei denn ..."

„Ja, genau ... Aber schau doch da an Steuerbord, der Mond." Er deutete in die entsprechende Richtung, als fürchtete er, sie könnte mit dem Wort Steuerbord nichts anfangen.

Alathea sah lange in Richtung des Mondes, der noch recht tief stand und sich auf der Wasseroberfläche spiegelte. „Weißt du, das ist eigentlich gar nicht so übel, so bei Nacht mit dem Boot hier draußen zu sein. Da könnte man glatt romantisch werden. Wenn du doch bloß vorher ..."

„Nun hör doch endlich auf damit!"

„Ich würde das hier so gerne genießen, aber ich kann nicht. Nicht, solange ich Angst haben muss, dass uns der Sprit ausgeht und wir hier hilflos mitten auf hoher See liegen bleiben." Eine Weile schwiegen beide, dann fragte Alathea: „Kannst du nicht ein bisschen schneller fahren? Damit wir endlich rauskriegen, ob der Sprit reicht oder nicht."

„Könnte ich machen, aber dann schluckt der Motor viel mehr als jetzt. Das könnte bedeuten ..."

„Schon gut, ich hab verstanden."

Es wurde immer dunkler und das Leuchtfeuer von Portolena schien immer heller zu erstrahlen. Bald waren auch weitere Lichter auf der Halbinsel auszumachen, die von der Kirche San Vincenzo und eine Zeit lang sogar die von San Salvatore. Dann verschwanden sie aus ihrem Blickfeld, weil sie am Felsvorsprung mit dem Leuchtturm vorbei einen weiten Bogen beschreibend in die kleine Bucht von Portolena hineinfuhren. Auf der einen Seite des Hafens war die Promenade mit den Tischen der hell erleuchteten Restaurants direkt am Wasser und den hoch aufragenden, bunten Häusern, auf der anderen das Dunkel der Bäume, zwischen denen hier und da Laternen Licht für unsichtbare Wege spendeten. Über allem schien auf dieser Seite das angestrahlte San Salvatore zu thronen. So wirkte es jedenfalls vom Hafen aus, obwohl das Gebäude sich gar nicht auf dem höchsten Punkt der Halbinsel befand. Und über San Salvatore stand jetzt der Mond, noch immer recht tief, aber fast voll, und tauchte den Hafen in sein mildes, weißes Licht.

Matteo steuerte die Aletheia sicher durch das Gewirr der großen und kleinen Segeljachten, die schon vor ihnen in den Hafen zurückgekommen waren. Sie erreichten die Boje, wo das kleine Dingi vor sich hin dümpelte.

„Lass uns noch ein bisschen hierbleiben. Zum Abendessen bin ich so oder so schon viel zu spät dran", sagte Alathea.

Matteo machte das Boot an der Boje fest, dann löschte er alle Lichter, und sie gingen durch die Kabine hindurch zur Sitzbank am Heck. Sie setzten sich nebeneinander und wie selbstverständlich lehnte Alathea sich an Matteo und ebenso selbstverständlich legte der seinen Arm um sie.

„Wir haben es geschafft", sagte Alathea und lachte leise.

Eine Zeit lang saßen sie schweigend da, als würden sie auf die Stimmen lauschen, die von der Promenade zu ihnen herüberschallten.

„Und?", fragte Matteo schließlich. „Darf ich dich jetzt endlich noch mal küssen?"

„Nein. Diesmal werde *ich dich* küssen." Sie richtete sich auf und nahm seinen Kopf in ihre beiden Hände, musterte sein vom Mondlicht spärlich beleuchtetes Gesicht eine Weile, so als würde sie darin nach etwas suchen oder als wollte sie diesen einen, diesen ganz besonderen Augenblick in die Länge ziehen, um ihn bis zur Neige auszukosten. Dann langsam, ganz langsam näherte sich ihr Mund seinem Mund.

Als Alathea San Salvatore erreichte, fand sie Carrie und George auf der Terrasse.

„Endlich!", rief Carrie. „Wir hatten uns schon Sorgen um dich gemacht. Wo um alles in der Welt bist du gewesen? Hast du wenigstens irgendwo zu Abend gegessen?"

„Ich schau gleich mal, was ich in der Küche auftreiben kann", erwiderte Alathea und setzte sich zu den beiden. „Eine schöne Nacht heute, nicht wahr?"

„Ja, wunderschön."

„Und?", fragte George. „Hast du gefunden, was du gesucht hast?"

Alathea sah ihn irritiert an.

„Wir waren nachmittags auch unten am Hafen und hatten gehofft, dich zu treffen. Weil du doch die Schlüssel hattest. Wir hatten eigentlich gedacht, mit dem Boot nach Santa Chiara rüber zu fahren."

„Tut mir leid, dass wir uns verpasst haben. Ich war noch ein bisschen unterwegs."

„Klar. Und hast du es rausbekommen?"

„Was soll ich rausbekommen haben?"

„Welcher Typ *du* bist."

Salito und die Marktfrau vom Campo de' Fiori

oder
Kommissar Jörgensen macht Urlaub

„Schade", meinte Sabrina. „Signora Lelli ist nicht da. Ich hatte mich so darauf gefreut, sie wiederzusehen. Genau hier ist ihr Stand gewesen. Ich frage mal den jungen Mann da."

Jörgensen verfolgte bewundernd, wie selbstverständlich seine Frau sich mit dem Gemüsehändler auf Italienisch unterhielt. Er selbst besaß lediglich halbwegs brauchbare Englischkenntnisse und die zu erwerben, war für ihn eine ziemliche Quälerei gewesen. Warum sich allerdings Sabrina so für diese Signora Lelli interessierte, war ihm ein Rätsel, aber, sagte er sich, sie waren im Urlaub und da durfte jeder seinen Launen die Zügel schießen lassen. Wozu war Urlaub denn sonst da?

„Er sagt, Signora Lelli hat sich vor einem Jahr zur Ruhe gesetzt. Er ist ihr schon früher zur Hand gegangen und hat dann ihren Stand übernommen. Aber sie lebt immer noch hier im Viertel, sagt er, und kauft auch noch regelmäßig auf dem Campo de' Fiori ein."

„Was du nicht sagst, Schatz."

„Er hat mir erzählt, wo genau sie wohnt. Es ist nicht weit von hier. Nur ein Katzensprung. Warum trinkst du nicht da drüben in dem Café einen Cappuccino, während ich ganz kurz mal zu ihr hingehe und mich mit ihr verabrede?"

„Wenn du meinst, Schatz."

Im Nu hastete Sabrina davon.

Wie eine belagernde Armee umringten die Stühle und Tische der Restaurants, Bars und Cafés die Stände auf Roms berühmtem Blumenmarkt, auf dem heutzutage aber kaum noch Blumen angeboten wurden.

Jörgensen wählte einen Platz im Schatten. Auch früh am Vormittag war es jetzt im Hochsommer schon recht unangenehm, längere Zeit in der prallen Sonne sitzen zu müssen. Als der Cappuccino kam, stellte er fest, dass er nicht wirklich heiß war. Dennoch nahm nur dann und wann einen kleinen Schluck, denn er hoffte, Sabrina würde zurück sein, bevor er die Tasse geleert hatte.

Er vertrieb sich die Zeit, indem er mit der einem Polizisten eigenen Beobachtungsgabe das Geschehen auf dem Campo verfolgte. Er hatte schnell erkannt, dass hier zwei Welten existierten und das völlig unabhängig voneinander. Da waren zum einen die Obst- und Gemüsestände und zum anderen jene, die kitschig bunte Nudeln, winzige Fläschchen mit Öl, Essig oder Likör, Risottofertigmischungen und dergleichen Schnickschnack anboten. Beide hatten ihre Kunden. Bei den einen, den Obst- und Gemüsehändlern, kauften die Menschen aus dem Viertel, die von den Verkäufern oft mit *ciao* oder *salve* und Vornamen begrüßt wurden. Dann waren da die Händler, die es auf die Touristen abgesehen hatten, fremdländisch aussehende Leute zumeist, die die Passanten mit einem höflich unbeholfenen *buon giorno* anredeten. Jörgensens scharfem Blick entging nicht, dass diese Händler in Augenblicken, in denen sie sich unbeobachtet glaubten, manchmal traurig dreinschauten, so als würden sie sich an ihre Heimat zurückerinnern, aus der irgendeine Notlage sie vertrieben hatte. Was Jörgensen beeindruckte, war, dass alle Händler problemlos erkannten, welche Kunden zu wem gehörten. Nie versuchte jemand, einem Einheimischen irgendwelchen Firlefanz anzudrehen, und verweilte einmal ein Tourist an einem Gemüsestand, um dort etwas zu kaufen, so wurde er ignoriert, bis er entweder lautstark auf sich aufmerksam machte oder frustriert weiterging.

Jörgensen hatte bereits einen zweiten Cappuccino geleert, als er Sabrina endlich in der Ferne auftauchen sah. Sie redete erst noch eine Weile mit Signora Lellis Nachfolger, dann kam sie zum Café herüber.

„Tut mir leid, dass es doch etwas länger gedauert hat", sagte sie, als sie sich neben Jörgensen auf einen Stuhl fallen ließ, und fuhr sogleich aufgeregt fort: „Stell dir vor, Signora Lelli ist fortgezogen. Das hat mir jedenfalls ein Nachbar erzählt."

„Ist das denn so wichtig, Schatz?"

„Du hast sie nicht kennengelernt. So eine nette Frau. Wir waren damals fast jeden Tag an ihrem

Stand und haben ein bisschen Obst gekauft. Sie hatte Katinka so richtig ins Herz geschlossen. Du weißt ja, die Italienerinnen und ihre Liebe zu den Bambini."

„Aber das ist doch inzwischen Jahre her. Na ja, und nun ist sie halt weggezogen. So ist das Leben."

„Aber hör mir doch erst mal zu!", wischte sie seinen Einwand beiseite. „Als ich es ihm, ich meine dem Gemüsehändler, erzählte, wollte er es nicht glauben. Er meinte, Sie würde nie von hier wegziehen. Schon allein wegen der Katzen nicht."

Mit einer gewissen Ratlosigkeit registrierte Jörgensen, dass sie überzeugt war, ein unschlagbares Argument ins Feld geführt zu haben.

„Welche Katzen denn?", fragte er vorsichtig.

„*I gatti di Roma!* Die Katzen von Rom. Nicht weit von hier ist doch Roms berühmtes Asyl für herrenlose Katzen. Auf dem Largo di Torre Argentina."

Jörgensen konnte sich nicht erinnern, schon einmal davon gehört zu haben.

„Signora Lelli gehört zu den Freiwilligen, die sich dort um die Katzen kümmern. Oder gehörte." Sie sah auf ihre Uhr. „Es ist schon fast Mittagszeit. Lass uns da drüben im *La Carbonara* etwas essen.

Und dann schauen wir auf dem Largo Argentina vorbei. Nachmittags sind immer ein paar von den Freiwilligen da, sagt der Gemüsehändler. Vielleicht erfahren wir von ihnen etwas über Signora Lelli."

Sabrinas Vorschlag nahm Jörgensen gerne an. Wider besseres Wissen hatte er sich heute Morgen von ihr überreden lassen, zum Frühstück nur auf einen Cappuccino und ein Cornetto in eine Bar um die Ecke zu gehen und war jetzt entsprechend hungrig. Na ja, und ein kleiner Verdauungsspaziergang danach würde sicher auch nicht verkehrt sein. Und wenn sich Sabrina so für diese Frau interessierte … das an sich war ja noch kein Beinbruch. Solange er regelmäßig gut zu essen bekam, sollte sie ihren Spaß haben, und das Essen im *La Carbonara* war tatsächlich nicht schlecht. Sein *Saltimbocca alla Romana* war lecker. Er warf einen skeptischen Blick auf das frittierte Hirn vom Lamm, für das Sabrina sich entschieden hatte, und hoffte, dass sie seine Gedanken nicht würde lesen können.

„Römer essen gerne Innereien", erklärte sie beiläufig.

„Was du nicht sagst, Schatz."

„Und du bist froh, dass du kein Römer bist. Stimmt's?"

Sie konnte sie also doch lesen, seine Gedanken, stellte er wieder einmal ohne große Überraschung fest. Er grinste wie ein Junge, der bei einem Streich ertappt worden ist, und widmete sich wieder seinen Kalbsschnitzelchen.

Der Rechnung entnahm er, dass offensichtlich auch der Blick auf den Campo de' Fiori in die Preisgestaltung eingeflossen war, obwohl der für sie gar nichts Besonderes war, denn sie wohnten ja im selben Haus über dem *La Carbonara*. Im Übrigen, sagte sich Jörgensen, immer nur auswärts essen war sowieso nicht drin – sie hatten schließlich eine Tochter, die studierte! –, und da sie sich gegen ein Hotel und für eine Ferienwohnung inklusive eigener Küche entschieden hatten, mussten sie selbstverständlich dort auch hin und wieder ihr Essen selber kochen.

Nach dem Kaffee drängte Sabrina zum Aufbruch. Sie überquerten den Campo und schlenderten dann eine belebte Gasse entlang Richtung Largo Argentina, wie die Römer den Largo di Torre Argentina der Einfachheit halber nennen.

„Du bist mir nicht böse, weil ich unbedingt rausbekommen will, was mit Signora Lelli los ist?"

„Aber nein, Schatz. Wenn es für dich wichtig ist ..."

Sie hakte sich bei ihm ein, und einen Moment lang berührte ihr Kopf seine Schulter.

„Das ist alles so ... so komisch. Wenn du Signora Lelli kennengelernt hättest ..."

Wie bei den meisten Altertümer in Rom lag auch die Ausgrabungsstätte mit den Ruinen der drei Tempel aus republikanischer Zeit, die den größten Teil des Largo Argentina einnahmen, deutlich tiefer als das moderne Rom, und da der Bereich nicht betreten werden durfte, lebten die herrenlosen Katzen dort mitten im geschäftigen und lauten Rom ungestört in einer eigenen kleinen Welt, bestaunt von den Menschen, die über die Brüstung hinweg neugierig zu ihnen herab spähten und sich über jede Katze freuten, die sie zwischen den Trümmern und dem Gestrüpp ausfindig machen konnten.

Sabrina steuerte ohne Zögern auf ein offenstehendes kleines Tor an einer Seite des Platzes zu, wo eine Treppe hinunter zu den Räumen der Katzenfreunde führte. Unten angelangt betraten sie einen niedrigen Raum, der fast vollständig von Käfigen umsäumt war, reihenweise nebeneinander und übereinander. Jörgensen stellte erleichtert fest, dass sie fast alle leer waren. Nur in einem saß reglos eine kleine schwarze Katze und starrte ihn an.

Eine grauhaarige Frau, wohl in den Fünfzigern, kam auf sie zugeschossen und redete wie selbstverständlich in englischer Sprache auf Sabrina ein. Also auch hier erkannte man Touristen auf den ersten Blick.

„Ah, lassen Sie mich raten", sprudelte es aus der Frau hervor. „Sie sind eine Katzenliebhaberin und möchten unser Projekt hier gerne unterstützen. Habe ich recht? Ja, es ist ein Unterfangen, das von uns nicht nur viel Liebe zu diesen armen Kreaturen verlangt, und viel Arbeit selbstredend auch. Nein, es erfordert auch erhebliche finanzielle Mittel. Da ist ja nicht nur das Futter für die Tiere. Nein, wenn es nur das wäre. Alle Katzen hier im Largo Argentina sind geimpft und kastriert. Das ist kostspielig. Wussten Sie das schon? Ja, so ist es tatsächlich. Und jetzt fragen Sie sich sicher, was Sie tun können, um uns zu helfen, nicht wahr?"

„Nein, ich komme eigentlich wegen Signora Lelli. Sie kennen sie?"

Für einen Moment war die Grauhaarige aus dem Konzept gebracht.

„Ja, natürlich kenne ich Signora Lelli. Hat sie Sie auf unsere so wichtige Arbeit aufmerksam gemacht? Und jetzt sind Sie gekommen, um zu helfen. Wie schön. Erzählen Sie, wie geht es ihr denn? Wir vermissen sie sehr."

„Sie verstehen nicht. Ich wollte Signora Lelli besuchen und habe erfahren, dass sie von hier weggezogen ist, aber man konnte mir nicht sagen, wohin. Ich hatte gehofft, dass man mir hier weiterhelfen könnte."

Die Dame schüttelte bedauernd den Kopf. „Wir wissen auch nichts und sind völlig ratlos. Und traurig. Sie war so eine große Hilfe für unser Projekt. Unersetzlich. Und dann war sie eines Tages fort. Weggegangen, ohne sich zu verabschieden. Einfach so."

„Sie hatte sicher viel Zeit, um hier zu helfen, nachdem sie ihren Stand auf dem Markt aufgegeben hatte."

„Sicher auch das. Aber wie ich schon sagte, das alles hier kostet eine Menge Geld, und Signora Lelli war sehr großzügig."

„Dann waren ihre finanziellen Möglichkeiten im Ruhestand vielleicht nicht mehr so groß", mutmaßte Sabrina vielsagend.

Die Dame wiegte ihren Kopf zweifelnd hin und her. „Ihr Mann, der leider schon vor vielen Jahren, zwanzig oder so, verstorben ist, hatte eine gut gehende Schlachterei drüben in Trastevere. Die gibt es übrigens immer noch. Erst hat sein Bruder und dann dessen Sohn sie weitergeführt. Also, was ich eigentlich sagen wollte, finanziell ging es ihr sicher nicht schlecht."

Sabrina schien die Hoffnung zu verlieren, hier etwas erfahren zu können.

„Ich will Ihre Zeit nicht weiter in Anspruch nehmen. Sie haben sicher noch viel zu tun."

„Selbstverständlich. Aber ..." Sie machte eine Kunstpause und sprach dann halblaut weiter, so als würde sie Sabrina ein Geheimnis anvertrauen. „... wissen Sie, was wirklich komisch ist? Sie ist ohne ihren Kater fortgezogen. Ohne ihren geliebten kleinen Salito. Sie hat ihn hier ausgesetzt. Einfach so.

Wahrscheinlich irgendwann des Nachts. Können Sie sich das vorstellen?" Sie schüttelte fassungslos den Kopf bei dem Gedanken daran. „Sie hat ihn einfach zurückgelassen."

„Ach."

„Ja doch. Möchten Sie ihn gerne sehen?"

Sabrina nickte, und die Frau ging ihnen voraus nach draußen und rief mit einer Stimme, die Jörgensen durch Mark und Bein ging, laut den Namen des Katers.

„Normalerweise wissen wir die Namen neuer Katzen ja nicht, nicht einmal, ob sie überhaupt einen haben. Aber Salito ... er kommt eigentlich immer, wenn man ihn ruft. Ah, da ist er."

Auf einem hohen Mauerrest, sicher aus altrömischer Zeit, saß der Kater. Er war fast weiß, nur am Kopf und auf Rücken und Schwanz war er weiß, hellbraun und dunkelgrau getigert und schaute jetzt aus seinen blauen Augen mit der seiner Rasse eigenen Majestät abschätzend auf sie herab.

„Das ist er, der Kater von Signora Lelli. Er ist ein bisschen scheu", meinte die Frau, als Salito auf seinem Posten auf der Mauer verharrte. „Früher war er zutraulicher. Ich weiß es, weil ich Signora Lelli manchmal besucht habe. Aber jede Katze reagiert auf so eine Veränderung anders. Wir würden ihn gerne hierbehalten, doch ich bin sicher, wir werden auch keine Probleme haben, jemanden zu finden, der ihn adoptiert, und das ist für die Katzen natürlich viel besser. Aber erst einmal bleibt er hier. Bis wir wissen, was mit Signora Lelli ist. Vielleicht will sie ihn ja am Ende doch zurückhaben."

Nachdem sie wieder die Treppe in das moderne Rom hinaufgestiegen waren, sagte Sabrina: „Komisch, dass die hier auch nichts wissen. Jemand zieht doch nicht einfach weg, ohne dass die Nachbarn oder die Leute, mit denen man zu tun hat, etwas erfahren."

„Weißt du, ob sie außer diesem Sohn ihres Schwagers noch andere Verwandte hat?"

„Nein. Noch nicht." Sabrina hakte sich wieder bei ihm ein, während Jörgensen sie verwundert ansah. „Zu dumm, dass ich vergessen habe, mich nach ihm zu erkundigen. Vielleicht weiß er, was aus Signora Lelli geworden ist. Aber das muss warten bis morgen Nachmittag, wenn das Asyl wieder geöffnet ist. Wir machen jetzt erst mal einen kleinen Stadtbummel. Schließlich sollst du auch etwas von deinem Urlaub haben. Sag, wo möchtest du gerne hin?"

„Zeig du mir, was es hier Schönes zu sehen gibt, Schatz."

„Dann gehen wir jetzt zum Trevibrunnen. Der muss einfach sein."

Sie kamen am Pantheon vorbei, aber Sabrina sagte nur: „Das sehen wir uns ein andermal an." Jörgensen hatte das Gefühl, dass sie es furchtbar eilig hatte.

Nach einer Weile gelangten sie in eine schmale Gasse. Tische und Stühle von Restaurants, Cafés und Eissalons engten sie zusätzlich ein. Irgendwie kämpften sie sich durch die Menschenmenge. Ein leises Summen und Brummen hunderter menschlicher Stimmen wurde langsam lauter und immer lauter. Dann standen sie auf dem kleinen Platz mit dem monumentalen Fontana di Trevi. Schon oft hatte Jörgensen Fotos von ihm gesehen, aber vielleicht war gerade das der Grund, dass ihn beim Anblick des Originals noch viel stärker das Gefühl überkam, eine Art Trugbild vor Augen zu haben.

Sabrina ließ ihm Zeit, sich sattzusehen, dann zog sie ihn weiter, hinunter zum Brunnen, wo sie nach einer Weile einen Platz auf der steinernen Bank dort fanden. Eng aneinandergedrängt saßen sie da, und Sabrina legte ihren Kopf auf seine Schulter.

„Ich denke gerade daran, wie ich hier mit Katinka gesessen habe. Wie lang ist das jetzt her? Ich glaube, sieben oder acht Jahre."

Jörgensen erinnerte sich, dass ihn damals die Ermittlungen in einem spektakulären Mordfall gehindert hatten, in den lange geplanten Urlaub zu fahren und wie schwierig es gewesen war, Sabrina zu überreden, ohne ihn nach Rom zu fahren. Sie hatte erst eingewilligt, als er ihr erklärte, Katinka würde sich doch so auf den Urlaub freuen, da dürfe man das Kind jetzt nicht enttäuschen.

„Es ist wunderschön, dass ich das alles jetzt mit dir zusammen noch einmal erleben kann", sagte Sabrina.

Nur zurückdrehen, dachte Jörgensen, kann man die Zeit leider nicht. Jetzt war es ihr erster Urlaub ohne Katinka geworden, weil die lieber mit ihrem Leon nach Griechenland fahren wollte. Diesem … diesem … Nicht einmal in seinen Gedanken fand er Worte, um seiner Meinung über Leon Ausdruck zu verleihen.

„Er hat nicht einmal mit ihr sprechen können."

Jörgensen sah seine Frau verdattert an.

„Ich meine, der Nachbar. Er sagt, eines Tages kam ein Möbelwagen, und die Leute haben die Wohnung ausgeräumt. Der Mann hätte gerne gewusst, wohin Signora Lelli zieht und ihr alles Gute gewünscht, aber er hat sie während der ganzen Zeit nicht zu Gesicht bekommen."

„Sicher hat sie schon in der neuen Wohnung auf die Möbelpacker gewartet."

„Mmh. Ich weiß nicht. Das ist doch alles irgendwie seltsam. Auch das mit ihrem Kater." Sabrina schwieg einen Moment. „Was mag Signora Lelli dazu gebracht haben, Hals über Kopf von hier wegzuziehen und sogar ihren Kater auszusetzen? Als wollte sie alle Spuren von sich verwischen."

„Tja, aber ich fürchte, du wirst nie erfahren, was passiert ist."

„Nein? Wir werden sehen." Dann richtete sie sich auf. „Hier ganz in der Nähe, keine hundert Meter weit, war früher ein wirklich ganz hervorragender Laden mit Delikatessen. Ciavatti. Wenn es den immer noch gibt, kaufen wir uns da Brot und Schinken und Salami und Käse und Eingelegtes und

Wein, und dann machen wir uns einen gemütlichen Abend daheim."

Der Laden, wohin Sabrina ihn führte, sah recht unscheinbar aus. Über dem kleinen Schaufenster war ein Schild, auf dem in Blockschrift FORMAGGI stand und über der Tür daneben stand in derselben Schrift PANE. Aber als sie den kleinen Laden betreten hatten, ließen die Auslagen Jörgensen das Wasser im Munde zusammenlaufen. Vom Boden bis zur Decke alles voller verführerisch aussehender Leckereien. Sabrina verhandelte mit dem Mann hinterm Tresen, ließ sich beraten, wählte aus. Jörgensen registrierte wohlwollend, was nach und nach für sie eingepackt wurde.

Der Schock kam, als er mit dem winzigen Coupon zum Zahlen an die Kasse ging und der Mann dort schließlich mit dem Finger auf den angezeigten Endbetrag deutete. Er sagte freundlich lächelnd etwas zu ihm.

„Was hat er gesagt, Schatz?"

„Dass du wirklich sehr feine Sachen gekauft hast." Sie berührte zärtlich seinen Arm.

„Sehr tröstlich", sagte er und grinste schief.

Aber nachdem sie in ihrem vorübergehenden Zuhause von allem probiert hatten, musste Jörgensen zugeben, dass der Kassierer die Wahrheit gesagt hatte. Satt und zufrieden saßen sie schließlich am Fenster im dunklen Wohnzimmer bei einem Glas Frascati und schauten auf das abendliche Gewimmel auf dem Campo de' Fiori hinunter.

„Du findest es albern, nicht wahr?"

„Was meinst du, Schatz?"

„Dass ich mich so sehr dafür interessiere, was mit Signora Lelli los ist."

„Albern? Nein, ich kann es nur nicht nachvollziehen. Aber das hat nichts zu bedeuten, solange es dir wichtig ist."

„Nachvollziehen? Nein, nachvollziehen kann ich es eigentlich auch nicht. Aber je rätselhafter die Geschichte wird, desto mehr möchte ich wissen, was dahintersteckt." Sabrina lachte. „Ich benehme mich wie eine schrullige Miss Marple auf Verbrecherjagd, nicht wahr?"

„Wir wollen hoffen, dass nichts wirklich Schlimmes passiert ist. Sonst wäre es nämlich ein Fall für die italienische Polizei und nicht für uns."

Sie tastete im Dunkeln nach seiner Hand, und als sie sie zu fassen bekommen hatte, drückte sie sie zärtlich und sagte: „Danke, dass du für *uns* und nicht für *dich* gesagt hast."

Am nächsten Morgen frühstückten sie in ihrer Wohnung. Sie hatten das Glück, dass in ihrem Haus unten nicht nur das *La Carbonara* war, sondern auch ein Bäcker. Italienische Panini, Rosette und dergleichen mussten, so wusste Jörgensen, frisch verzehrt werden. Sie eigneten sich am zweiten Tag allenfalls noch zum Einschlagen von Fensterscheiben.

Als er vom Bäcker zurückkam, hatte Sabrina bereits den Tisch mit den Resten vom gestrigen Festmahl gedeckt, sodass Jörgensen sich heute beim Frühstück einmal richtig satt essen konnte.

„Was machst *du* heute Vormittag?", fragte Sabrina.

Er sah sie überrascht an, und sie versuchte ganz unverfänglich zu lächeln.

„Ich wollte noch einmal zu dem Nachbarn von Signora Lelli. Mir sind noch ein paar Sachen eingefallen, die ich ihn fragen könnte. Warum schaust du dir nicht die Piazza Navona an? Wunderschöne

Brunnen und gar nicht weit von hier. Und unterwegs kommst du am Palazzo Braschi vorbei. Da ist das Stadtmuseum drin. Oder schau dir ein paar Kirchen an. Die gibt es hier zuhauf."

Jörgensen musste lächeln. Sie wollte ihn also irgendwie beschäftigen, um sich in Ruhe weiter um Signora Lelli kümmern zu können.

„Ach, ich glaube, ich werde einfach ein bisschen hier im Viertel rumschnüffeln. So, als wäre ich im Urlaub."

Sie verharrten einen Moment und sahen sich schweigend an. Schließlich fuhr Sabrina ihm behutsam durch sein graues Haar und sagte: „Was für ein Glück, dass ich damals ausgerechnet auf dich reingefallen bin", und gab ihm einen Kuss. Dann räumten sie gemeinsam den Tisch ab und versorgten die Lebensmittel.

„Gut", sagte Sabrina. „Wir treffen uns dann zum Mittagessen. Wieder hier unten im *La Carbonara*? So gegen eins?"

Sie verließen das Haus gemeinsam, und während Sabrina den Campo überquerte, wandte Jörgensen sich nach rechts, ging ein Stückchen Richtung Piazza Farnese und bog dann in eine schmale Gasse ein. Es war auch heute wieder ein heißer Sommertag, aber hier unten zwischen den hoch aufragenden Mauern war er vor der Sonne geschützt. Er schlenderte ziellos dahin, immer wieder einmal an einer Ecke abbiegend, bis er nicht mehr wusste, wo er eigentlich war. Er genoss es, ausnahmsweise frei sein zu dürfen vom Zwang, sich orientieren und ein Ziel erreichen zu müssen. Als er an einer Bar vorbeikam, ließ er sich an einem der Tische am Straßenrand nieder und trank einen Cappuccino. Dann setzte er seine Wanderung fort.

Er bemühte sich die ganze Zeit über, nur zu schauen und an nichts zu denken, aber immer wieder spukten ihm Gedanken an Sabrina durch den Kopf. Hoffentlich würde sie bald irgendeine harmlose Erklärung für das Verschwinden von Signora Lelli finden. Dann konnten sie ihren Urlaub unbeschwert fortsetzen.

Als es langsam Zeit für die Verabredung wurde, zog er bedauernd sein Smartphone hervor, um zu schauen, wo er sich befand und wie er wieder zum Campo de' Fiori zurückgelangen konnte.

Er erreichte das *La Carbonara* kurz vor eins. Er bat den Kellner um einen Tisch für zwei und wartete dann mit der Geduld, die ihn Jahrzehnte im Polizeidienst gelehrt hatten. Er lächelte, weil er vermutete, nun dieselbe erhabene Gravität wie der Kater Salito auszustrahlen. Als die Uhr halb zwei zeigte, begann die hoheitliche Ruhe sich allerdings nach und nach zu verflüchtigen. Er zückte das Handy und rief Sabrina an, aber sie war nicht zu erreichen. Wahrscheinlich, dachte Jörgensen verärgert, hatte sie wieder einmal, knausrig, wie sie in kleinen Dingen sein konnte, das Datenroaming ausschalten wollen und einfach den Flugmodus aktiviert. Um Viertel vor zwei war sie immer noch nicht da, und er fing an, sich Sorgen zu machen. Um zwei stand er auf und strebte in Richtung des Gemüsestandes, der einmal Signora Lelli gehört hatte. Es dauerte eine Weile, bis er dem Mann begreiflich gemacht hatte, wer er war und was er von ihm wollte, aber am Ende erfuhr Jörgensen, wo Signora Lelli bis vor Kurzem gewohnt hatte. Mit lebhaften Gesten beschrieb der Händler ihm den Weg zu jenem Haus in der Via degli Specchi.

Dort angekommen rätselte er, wer wohl der Nachbar war, mit dem Sabrina gesprochen hatte. Er probierte alle Klingelknöpfe am Hauseingang.

Ein einziger Bewohner reagierte und Jörgensen war froh, dass jener ältere Herr sogar recht gut Deutsch sprach, wenn auch mit ausgeprägt schweizerischem Akzent. Er hatte, wie er erklärte, in jungen Jahren lange in Interlaken in der Gastronomie gearbeitet. Jörgensen hatte Mühe, sein Mitteilungsbedürfnis in die richtige Richtung zu lenken. Ja, die Signora aus Germania – *una bella donna!* – sei heute früh noch einmal bei ihm gewesen. Nach langem Hin und Her erfuhr er, dass der ältere Herr Sabrina erzählt hatte, dass er während des Auszugs von Signora Lelli aus dem Fenster geschaut und einen Möbelwagen gesehen hatte. Er hatte sich sogar noch an den Namen des Unternehmens, der in großen Lettern auf dem Wagen gestanden hatte, erinnert.

„Wissen sie zufällig, wo dieses Unternehmen sein Büro hat?"

„Das hat mich die Signora auch gefragt, aber woher soll ich so etwas wissen? Wir haben im Telefonbuch nachgesehen. Und dann wollte die Signora unbedingt da hin, und ich habe ihr gesagt, welche Buslinie sie nehmen und wo sie umsteigen muss." Als er Jörgensens entsetzten Blick wahrnahm, meinte er: „Wenn Sie auch dahin wollen, Signore, können Sie natürlich auch ein Taxi nehmen. *Vicino*, nicht weit von hier am Largo Argentina ist ein Stand. Auf der Seite am Corso Vittorio Emanuele II."

Der Alte notierte für Jörgensen die Adresse des Umzugsunternehmens. Der dankte und hastete dann Richtung Taxistand. Im Vorbeigehen warf er einen kurzen Blick hinunter auf die Tempelanlage am Largo Argentina, aber er konnte nicht eine einzige Katze entdecken. Wahrscheinlich hatten die sich alle in der Mittagshitze ein schattiges Plätzchen gesucht.

Am Taxistand angekommen, drückte er einem Chauffeur seinen Zettel in die Hand, und mit einem knappen *va bene, Signore* startete der den Wagen, und schon brausten sie durch den dichten Verkehr dem Ziel entgegen. Aber die Fahrt dauerte. Das Ziel befinde sich in San Lorenzo, dem Studentenviertel, erklärte der Fahrer seinem ungeduldigen Kunden.

Jörgensen versuchte, sich über seine Gefühle klar zu werden. Tief im Innern spürte er eine leise Unruhe. Ja, – verdammt noch mal! – er machte sich wirklich Sorgen um Sabrina, aber er hätte nicht sagen können, warum. Es konnte unzählige harmlose Erklärungen dafür geben, dass sie nicht ins *La Carbonara* gekommen war, sagte er sich. Aber die Unruhe blieb. War es Sabrina all die Jahre, die sie mit ihm, dem Polizisten, verheiratet war, auch so ergangen? Hatte sie tagein, tagaus die Sorge mit sich herumgetragen, ihm könnte etwas zustoßen?

Die Straßen in San Lorenzo waren breiter als in der Altstadt, großzügig, aber nicht einladend. Der Fahrer hielt vor einem Gebäude, dessen Wände mit Graffiti und Resten von Plakaten verunstaltet waren. So wie alle anderen Hauswände hier auch. Er bat den Fahrer zu warten.

Das Umzugsunternehmen entpuppte sich als eine Art Kollektiv von Arbeitslosen, Studenten und dergleichen, das Umzüge und Entrümpelungen zu kleinen Preisen anbot. Die Führung der Geschäftsunterlagen war alles andere als professionell, aber immerhin konnte man ihm die gewünschten Auskünfte ohne langes Zögern geben. Ein junger Mann, ein Lockenkopf, der ein wenig aussah wie der junge Bob Dylan, hatte sie ja gerade erst für die Signora aus Germania hervorgekramt. Allerdings wurde Jörgensens Neugier mit einer gehörigen

Portion Misstrauen bedacht. Hätte nicht zuvor auch schon Sabrina die Auskünfte bekommen – wie sie das geschafft hatte, war Jörgensen ein Rätsel –, wäre er möglicherweise auf taube Ohren gestoßen. Aber wie die Dinge standen, dachte der junge Dylan wohl, dass es so oder so egal war. Jedenfalls hatte Jörgensen jetzt die neue Anschrift von Signora Lelli.

Zu dieser Wohnung im Vicolo del Leopardo musste das Taxi wieder quer durch Roms Altstadt und über den Tiber nach Trastevere.

Ihr Ziel war eine etwas aus der Zeit gefallene Gasse, verschönert mit vielen Pflanzenkübeln vor den Häusern, wo noch die Wäsche im Wind flatterte an Wäscheleinen, die teils vor den Fenstern, teils über die Straße von Haus zu Haus gespannt waren. Ein Schild mit dem Namen Lelli gab es an der Haustür nicht, also probierte Jörgensen wieder alle Knöpfe durch. Diesmal war ihm nur ein Teilerfolg beschieden. Zwar reagierte auch hier jemand auf sein Klingeln, aber die Frau, die ihn ins Haus ließ, sprach weder Englisch noch Deutsch. Sie war weder hübsch noch hässlich, wohl irgendwo in den Dreißigern und blickte ihn etwas genervt an. Im

Hintergrund hörte Jörgensen das Geschrei kleiner Kinder. Er versuchte sich verständlich zu machen, indem er an alle Wörter As oder Os oder Is anhängte und seine Worte durch Gesten verdeutlichte, aber am Ende bekam er wohl seine Informationen nur, weil er das Zauberwort *donna di Germania* aussprach. Nach und nach und begleitet von vielen Missverständnissen erfuhr er, was auch Sabrina von der Frau erfahren hatte. Vor ein paar Wochen – so genau wollte sie sich bezüglich des Zeitpunkts nicht festlegen – war eine leer stehende Wohnung möbliert worden, aber eingezogen war dort niemand. Einer der Möbelpacker hatte ihr erzählt, dass das *appartamento* tageweise an Touristen vermietet werden sollte. Wie mittlerweile viele hier in Trastevere, hatte die Frau verbittert ergänzt. Bisher hatte sie allerdings noch kein einziges Mal jemanden in der Wohnung logieren gesehen. Jörgensen erfuhr, dass das Haus einer wohlhabenden Witwe gehörte, einer gewissen Signora Iacaccia, die im Viertel Prati lebte. Er notierte Namen und Anschrift und zeigte den Zettel seinem Fahrer. Der antwortete wie gehabt mit einem gleichmütigen *va bene*, gab Gas, und sie setzten ihre Odyssee durch Rom fort.

Jetzt wird die Sache aber langsam doch verdächtig, sagte sich Jörgensen, aber die kurze Fahrt bis zum neuen Ziel ließ ihm nicht viel Zeit zum Nachdenken. Erneut kamen sie in ein ganz anderes Rom. Die schachbrettartig angeordneten Straßen waren großzügig und von Robinien gesäumt – die Jörgensen allerdings für Akazien hielt –, und die Häuser wuchtig, aber gleichzeitig von unaufdringlicher Eleganz.

Schilder neben dem Eingang zeigten an, dass in diesem Haus auch Büros von Anwälten, Maklern und dergleichen waren. In einer Glaskabine saß ein Pförtner, der gerade mit seinem Handy beschäftigt war. Jörgensen nannte Signora Iacaccias Namen. Der Pförtner drückte einen Knopf, und die Tür nach innen sprang ein Stückchen auf. Als Jörgensen keine Anstalten machte weiterzugehen, sah der Pförtner verwundert von seinem Handy auf und murmelte dann etwas, was Jörgensen als vierter Stock interpretierte.

Er stieg in den schmiedeeisernen Käfig des Aufzugs in der Mitte des Treppenhauses und fühlte sich dabei an alte Kinofilme erinnert. Die Wohnung von Signora Iacaccia entdeckte er erst nach einigem Suchen am Ende eines langen Flurs.

Die Frau, die ihm öffnete, schien eine Art Zugehfrau zu sein. Da sie ihm alles andere als zuvorkommend begegnete, murmelte Jörgensen: „*Polizia*", und zückte kurz seine Dienstmarke, die ihn als schleswig-holsteinischen Kripobeamten auswies. Aus Erfahrung wusste er, dass die meisten Deutschen keine Ahnung hatten, wie so eine Dienstmarke auszusehen hatte. Warum also sollten Italiener diejenige ihrer Polizisten von einer deutschen unterscheiden können?

Über die Schulter hinweg wechselte die Frau einige Worte mit einer für Jörgensen unsichtbaren Person, dann wies sie ihm den Weg in einen Raum, wo Signora Iacaccia ihn mit besorgter Miene empfing. Sie war so stark geschminkt, dass es ihm schwerfiel, ihr Alter zu schätzen. Sechzig? Oder sogar schon jenseits der siebzig? Auf jeden Fall zeugte ihre ganze Erscheinung davon, dass sie sich noch längst nicht von dem Grundsatz verabschiedet hatte, als Italienerin und besonders als Römerin habe man eine *bella figura* zu machen. Das galt auch für die elegante Gestaltung des Zimmers. Sie schloss die Tür zum Flur und lud ihn ein, sich zu setzen.

Jörgensen überlegte, wie er vorgehen sollte, denn mit dem gemurmelten *buon giorno* war sein Italienisch praktisch erschöpft. Einen Moment spielte er mit dem Gedanken, seine kleine Notlüge aufzuklären, aber dann warf er alle Bedenken über Bord, entschlossen, seine Täuschung auf die Spitze zu treiben, und stellte sich als *Special agent* Jörgensen von Interpol vor. Ihm war nicht klar, ob Signora Iacaccia ihm das abnahm. Zumindest durfte er erleichtert feststellen, dass die alte Dame des Englischen mächtig war. Aber spätestens, als er auf die Wohnung im Vicolo del Leopardo zu sprechen kam, sah er Misstrauen aufkeimen, und das war nun wirklich nicht verwunderlich, denn er war heute schließlich bereits der Zweite, der sich danach erkundigte. Er glaubte, in ihren Zügen lesen zu können, dass sie mit dem Gedanken spielte, ihn abzuwimmeln, aber sie entschied sich anders. Ein junges Mädchen hätte die Wohnung gemietet, erklärte sie mit einem dünnen Lächeln.

„Aber sie ist dort nie eingezogen. Sie hat die Wohnung auch gar nicht für sich selbst gemietet, nicht wahr? Sondern für eine gewisse Signora Lelli."

„Für eine Signora Lelli? Davon weiß ich nichts."

„Nein? Hat sie vielleicht gesagt, dass sie die Wohnung an Touristen vermieten will?"

Signora Iacaccia sah ihn erst irritiert an, dann huschte ein spöttisches Lächeln über ihre Lippen, das er nicht zu deuten verstand. „Vielleicht."

Am Ende verließ er die Wohnung mit einem weiteren kleinen Zettelchen, auf dem Name und Anschrift der Mieterin standen.

Als Jörgensen das Taxi erreichte, fand er es verwaist. Er blickte sich irritiert um, aber da kam sein Chauffeur auch schon aus einer nahe gelegenen Bar. Er hatte die Gelegenheit genutzt, auf die Schnelle einen Espresso zu trinken. Als sie wieder im Wagen saßen, hielt Jörgensen dem Mann den Zettel mit dem neuen Ziel hin. Diesmal hob der kurz die Augenbrauen, bevor er das obligatorische *va bene* folgen ließ. Bald begriff Jörgensen. Sie fuhren zurück nach Trastevere, und ihr Ziel war, wie sich am Ende herausstellte, nicht weit entfernt vom Vicolo del Leopardo, wo sie ja gerade hergekommen waren.

Die Gegend, wohin sie jetzt gelangten, war nicht ganz so idyllisch, eher langweilig modern. Die nächste Station auf Sabrinas Spuren, sagte sich Jörgensen. Wenn er sie doch nur einholen könnte. Er klingelte bei Laura Giotto. Der Türöffner ertönte und er musste die Treppe bis in den zweiten Stock hinaufklettern. Es war ein blutjunges Mädchen, das ihn dort erwartete, und normalerweise wahrscheinlich sogar hübsch anzusehen, aber im Augenblick nahm sie sich recht erbärmlich aus. Sie wirkte übernächtigt und hatte wohl am Abend zuvor zu tief ins Glas geschaut und später auch vergessen, sich abzuschminken. Sie trug einen kurzen, verführerischen Morgenmantel aus hellbraunem Satin mit schwarzer Spitze. Er war arg zerknittert, und weil ihr scheinbar der Gürtel verloren gegangen war – was sie aber nicht weiter zu stören schien –, konnte Jörgensen sehen, dass sie darunter nichts anhatte.

Sie ließ ihn ohne viel Federlesens herein. Der Flur war mit kitschigen, billigen Drucken von kopulierenden Personen in Rokokokostümen geschmückt. Jörgensen verstand jetzt das spöttische Lächeln der Signora Iacaccia. Die Kleine ging in dieser Wohnung einem altehrwürdige Gewerbe nach. Warum hatte sie zusätzlich die Wohnung im Vicolo del Leopardo gemietet? Sollte das eine Art Rückzugsort für sie werden? Aber was um alles in der Welt hatten die Möbel von Signora Lelli dort zu suchen? Außerdem hatte die Nachbarin doch behauptet, die Wohnung sei seit dem Einzug noch nie genutzt worden.

Die junge Frau führte ihn in die Küche, wo sie wohl gerade beim Frühstücken gewesen war.

„Ich komme von Frau Iacaccia. Sie hat mir erzählt, dass sie von ihr eine Wohnung im Vicolo del Leopardo gemietet haben."

„Jetzt fangen Sie auch noch damit an. Ich habe das doch alles schon der Signora aus Germania erzählt."

„Mag sein. Erzählen Sie es mir auch."

Sie zuckte kurz mit den Schultern und redete dann unbefangen drauflos.

„Wenn ich geahnt hätte, welchen Ärger ich mir damit einhandle. Ich habe nichts mit dieser Wohnung zu tun. Ich habe sie für Enzo gemietet. Um ihm gefällig zu sein. Es schien ihm furchtbar wichtig zu sein. Er ist schließlich ein alter Kunde von mir. Ein bisschen knausrig in letzter Zeit. Er behauptet, sein Laden würde gerade nicht so gut gehen. Aber er hat versprochen, mir die Miete immer pünktlich zu geben. Und ein kleines Trinkgeld dabei. Sie verstehen. Ich sollte nur den Mietvertrag unterschreiben und immer schön der alten Iacaccia die Miete zukommen lassen. Die Sache sollte auch nicht auf ewig sein."

„Und was wollte dieser Enzo mit der Wohnung?"

„Keine Ahnung. Ich hab ihn nicht gefragt. Ich bin auch nie da gewesen. Ich habe unterschrieben und Enzo die Schlüssel gegeben. Das war alles."

„Wer ist denn dieser Enzo? Sie sagen, er sei einer Ihrer Kunden. Was wissen Sie von ihm?"

„Er hat hier in Trastevere eine Schlachterei, über der er wohnt auch."

„Und wo genau ist das?"

„In der Via del Moro, die Macelleria Lelli."

„Lelli?"

„Ja, Enzo Lelli. So heißt er."

Es dauerte nur Minuten, bis sie ihr neues Ziel erreichten. Trotz der vielen Einbahnstraßen. Inzwischen war es bereits nach vier und die Mittagspause der Schlachterei vorbei. Jörgensen trat ein.

„Signor Lelli?", sprach er den Mann hinterm Verkaufstresen an, aber der schüttelte den Kopf. Es gelang Jörgensen, ihm klarzumachen, dass er unbedingt Signor Lelli sprechen müsse. Der Mann zückte sein Handy. Die Unterhaltung ging eine Weile hin und her. Am Ende wurde Jörgensen mit einer Handbewegung aufgefordert, sich ein wenig zu gedulden. Ihm fiel ein, dass die kleine Giotto gesagt hatte, Lelli würde über der Schlachterei wohnen. Es dauerte nicht lange und es tauchte tatsächlich jemand aus einem Raum hinter dem Tresen auf, ein schlanker, noch recht junger Mann, bei dem man kaum auf die Idee gekommen wäre, er könnte Schlachter sein. Er wirkte furchtbar nervös und schien sich in seiner Haut alles andere als wohl zu fühlen. Schon viele Menschen in diesem Zustand waren Jörgensen im Laufe seines Berufslebens begegnet. Er wusste, dass er am Ziel war. Das las er nicht nur in der Miene seines Gegenübers, nein, inzwischen hatte er eine Ahnung, was geschehen war. Gleichzeitig schlug sein Herz heftig, weil er nun erfahren würde, was mit Sabrina war.

„Signor Lelli, wo ist die Signora aus Germania?"

Am Abend saßen sie wieder im dunklen Wohnzimmer am offenen Fenster und schauten auf den Campo de' Fiori hinunter.

„Ich denke nicht, dass er mir etwas angetan hätte", meinte Sabrina. „Er sagt, er hat seine Tante im Streit getötet und sei entsetzt gewesen, als sie tot vor ihm lag, und ich glaube ihm das."

„Immerhin hat er dich gegen deinen Willen festgehalten. Er hätte auch dich töten können, um seine Haut zu retten."

„Mord zur Verdeckung einer Straftat, so nennt ihr das, nicht wahr?"

„So ungefähr."

„Nein, du irrst dich. Als ich aufgetaucht bin und ihm so ganz offensichtlich auf die Schliche gekommen war, wusste er nicht mehr ein noch aus, aber ich glaube nicht, dass er fähig ist, einen Menschen kalten Blutes zu töten. Die beiden, seine Tante und er, hatten einen furchtbaren Streit. Er konnte Katzen nicht leiden, und er sagt, er hätte den lästigen Kater ein wenig mit dem Fuß angestupst. Na ja, vielleicht war es in Wirklichkeit auch ein veritabler Fußtritt. Womit er nicht gerechnet hat, war, dass seine Tante die Sache mitbekommen hat. Er wähnte sie in der Küche. Dann folgte der Streit. Signora Lelli hat ihm gedroht, ihn zu enterben. Wer weiß, ob sie das wirklich getan hätte, aber ... sie hat ihn, vielleicht, ohne es zu ahnen, in die Enge getrieben. Seine Schlachterei ging nicht mehr gut. Er hatte Schulden bei der Bank und die haben nur stillgehalten, weil er beim Ableben seiner alten Tante auf einen warmen Regen hoffen durfte. Da hat er zugeschlagen. In blinder Wut. Oder Verzweiflung. Wahrscheinlich wollte er sie gar nicht töten. Es war wohl eher eine Art Unfall. Aber als er merkte, was er angerichtet hatte, hat er verzweifelt versucht, die Sache zu vertuschen. Er hat sich verhalten wie ein kleines Kind. Er wollte nicht die Verantwortung übernehmen für das, was geschehen war. Oder er konnte es nicht. Und dann ist er auf diese Idee mit dem Umzug gekommen."

„Eine hirnverbrannte Idee."

„Mag sein, aber es hätte auch gut gehen können. Er hat versucht, Zeit zu gewinnen. Er wollte Gras über die Sache wachsen lassen. Hätte man die Tote sofort entdeckt, erschlagen, wäre er, der Alleinerbe, doch unweigerlich in Verdacht geraten. Seine Tante sollte einfach spurlos verschwinden, und irgendwann hätte er sie bei der Polizei als vermisst gemeldet. Der Nachbar hätte sich dann, viel später, nicht mehr an den Namen des Umzugsunternehmens erinnert und wenn doch, dann hätten die Leute dort in ihrem Chaos wahrscheinlich nichts mehr über diesen Auftrag gefunden."

„Möglicherweise hast du recht, Schatz."

„Wenn ich mir allerdings vorstelle, dass er die Leiche beseitigt hat, wie auch immer … bei dem Gedanken bekomme ich schon eine Gänsehaut. Aber vielleicht ist das für ihn als Schlachter gar nicht so schwierig gewesen. Aber anderseits, seine Tante hat er umgebracht und kaltblütig die Spuren seiner Tat beseitigt. Warum hat er, der Katzenhasser, nicht auch den Kater getötet und verschwinden lassen? Warum hat er sich die Mühe gemacht, ihn zum Largo Argentina zu bringen?"

Jörgensen wusste darauf keine Antwort.

„Sind es solche Fragen, mit denen du dich all die Jahre hast herumplagen müssen?"

Lange Zeit blickten sie schweigend auf das fröhliche Treiben auf dem Campo de' Fiori herab.

„Vielleicht steckt beides im Menschen", sagte Sabrina schließlich.

„Was meinst du, Schatz?"

„Das Gute und das Böse. In jedem von uns. Auch in uns beiden. Aber was entscheidet, dass irgendwann das eine oder das andere die Oberhand gewinnt? Wir selbst? Oder zwingen uns die Verhältnisse, in denen wir leben, in die eine oder andere Richtung? Oder einfach nur der Zufall?"

„Wer weiß."

„Vielleicht ist das auch gar nicht so wichtig. Vielleicht genügt es einfach, dass wir uns sagen, dass wir es selber in der Hand haben, dass wir uns jeden Tag aufs Neue entscheiden können. Und entscheiden müssen. Wir können das Gute wählen, und wir können das Böse wählen. Wir allein sind dafür verantwortlich, wofür wir uns entscheiden." Sabrina zögerte einen Moment. „Du wirst lachen, wenn ich das sage, aber als Schlachter hätte es ihm sicher nichts ausgemacht, auch den kleinen Kater zu töten. Aber er hat ihn zum Katzenasyl gebracht und dort ausgesetzt. Komisch, oder? Ist er in der Situation an den Punkt gekommen, wo er erkannt hat, dass er sich entscheiden kann und entscheiden muss? Aber ich fange an zu schwafeln. Schenk mir lieber noch ein bisschen Wein ein." Sie nippte an ihrem Glas. „Weißt du, was ich mir überlegt habe?"

Er wusste es nicht, aber er ahnte es.

„Wir könnten den kleinen Salito adoptieren und mit nach Kiel nehmen. Was meinst du? Wollen wir? Jetzt, wo Katinka ausgezogen ist, ist doch bei uns noch Platz für jemanden Drittes."

„Ich weiß nicht, können wir denn so mir nichts, dir nichts eine Katze mit nach Deutschland nehmen? Da gibt es doch bestimmt irgendwelche Vorschriften …"

„Ja, du hast recht. Ich habe mich im Internet schon ein wenig schlaugemacht. Es ist tatsächlich nicht ganz so einfach."

Damit war die Sache klar. Er kannte seine Sabrina. Je höher die Schwierigkeiten sich vor ihr auftürmten, desto verbissener verfolgte sie einen einmal gefassten Entschluss. Der kleine Salito würde sich wohl an das Kieler Schietwetter gewöhnen müssen.

Das Märchen vom besonderen Weihnachtsgeschenk

Noch einmal schweifte Konrads Blick über die verschneite Stadt im Tal, deren Silhouette beherrscht wurde von den vier Türmen des Doms und jenen beiden des Klosters Michaelsberg. Dann machte er sich auf den Heimweg, denn es war schon vier Uhr, und er wollte vor Anbruch der Dunkelheit wieder unten in Bamberg sein. Sein Weg führte ihn zwischen kahlen Laubbäumen hindurch, deren düsteres Grauschwarz jetzt aber von weißem Glitzern verhüllt wurde, und später an verschneiten Wiesen entlang.

Bald standen links und rechts seines Weges Häuser. Inzwischen war die Sonne untergegangen, es wurde immer kälter, und gleichzeitig leuchteten immer mehr und mehr Fenster in die Abenddämmerung hinein. Konrad sah diese Fenster mit einer sonderbaren Ergriffenheit. Er erhaschte kleine Ausschnitte der Wohnungen hinter den Fensterscheiben, das eine oder andere Mal konnte er sogar Weihnachtsbäume sehen, an denen Kerzen, echte oder künstliche, brannten, und er stellte sich das Leben vor, dass dort im Licht und in der Wärme der festlichen Stuben vor sich gehen mochte. Das stimmte ihn ein wenig traurig, aber es erfüllte ihn auch mit der frohen Gewissheit, dass das, wonach er sich sehnte, irgendwo existierte, irgendwo hinter irgendeinem der Fenster.

Es war das erste Mal, dass er Weihnachten allein verbrachte und nicht in Kiel bei seinen Eltern. Morgen Abend würde das Orchester ein Konzert geben. Das durfte er nicht versäumen, auch wenn er nur eine von mehreren zweiten Violinen war. Niemand in einem Orchester war so unbedeutend, dass man auf ihn verzichten könnte, sagte er sich. Dann dachte er an Machiko, die kleine Japanerin, eine von den ersten Violinen. Vielleicht würde sich nach dem Konzert eine Gelegenheit ergeben, ein paar Worte mit ihr zu wechseln. Er mochte ihr Lächeln, das immer so viel Freundlichkeit ausstrahlte.

Als er ans Residenzschloss gelangte, warf er wie immer einen bewundernden Blick auf das Alte Rathaus. Jetzt noch ein paar Hundert Meter am Kanal entlang, dann war er fast am Ziel, jenem Haus am Schillerplatz, wo er bei der Witwe Steinhauer zur Untermiete wohnte. In den beiden unteren Stockwerken des überaus schmalen Gebäudes lebte der alte Warmuth, ehemals Trompeter, mit seiner Frau, darüber die Steinhauer, und Konrad hatte die beiden Zimmer unterm Dach.

Das eine war ein kleines Zimmerchen mit einem Mansardenfenster zum Schillerplatz hin. Die Möbel, die der Steinhauer gehörten, waren alt und unansehnlich. Einziges Schmuckstück im Raum war Konrads Geige auf einem Ständer nicht weit vom Fenster und daneben eine Notenablage mit der zweiten Violinstimme von Bruckners achter Sinfonie. Die sollten sie morgen Abend aufführen. Vielleicht wäre es ratsam, heute noch ein wenig zu üben, überlegte Konrad, aber diesen Gedanken verwarf er gleich wieder. Das würde Frau Steinhauer nicht gefallen. Nicht am Heiligabend.

Es war lausig kalt. Der Raum wurde durch einen Lüftungsschacht von unten geheizt, aber nur so lange, wie die Steinhauer ihre Heizung nicht herunter drehte. Diese geizige Alte. Konrad hielt inne. Vielleicht wollte sie heute früh zu Bett gehen. Sie war ja auch ganz allein und hatte niemanden, mit dem sie Weihnachten hätte zusammen feiern können.

Er setzte sich an den Tisch, auf dem eine Vase mit ein paar Tannenzweigen stand. Diese Zweige, eine Kerze und eine Schale mit Nüssen und zwei Orangen waren alles, was wenigstens ein bisschen an Weihnachten erinnerte. Er zündete die Kerze an und begann eine der Orangen zu schälen. Für einen Moment schloss er die Augen, um den erfrischenden Duft der Frucht zu genießen. Dann summte er leise ein Weihnachtslied.

Erst als er die Orange aß, merkte er, wie hungrig ihn die lange Wanderung gemacht hatte. Er wollte sich von unten aus der Küche etwas zu essen holen. Die Küche von Frau Steinhauer durfte er mitbenutzen, denn er hatte hier oben ja nur ein Wohn- und ein Schlafzimmer. Erst einmal ging er jedoch nach nebenan, um seine klobigen Wanderschuhe gegen ein Paar Pantoffeln zu tauschen.

Als er dort Licht machte, fuhr ihm der Schrecken in die Glieder. Viel fehlte nicht, und er hätte gar aufgeschrien. Dann fasste er sich und fragte das Mädchen, das dort am Fenster stand:

„Wer sind Sie? Was um alles in der Welt haben Sie hier zu suchen? Wer hat Sie hereingelassen? Frau Steinhauer?"

„Ich bin Donatina, aber du kannst Tina zu mir sagen. Die Frau Steinhauer, ist das die furchtbare Alte, die unter dir wohnt? Nein, die hat mich nicht bemerkt."

Tina lächelte ihn an und neigte den Kopf dabei zur Seite. Sie mochte ungefähr so alt sein wie er, hatte einen kecken, blonden Bubikopf und leuchtend blaue Augen. Unter anderen Umständen hätte Konrad sich möglicherweise auf der Stelle in sie verliebt. Jetzt aber beunruhigte ihn ihr Erscheinen nur.

„Was wollen Sie hier?"

„Ich bin ein Geschenk. Ein Weihnachtsgeschenk. Für dich."

Sie sagte es mit einer Selbstverständlichkeit, die Konrad fürchten ließ, irrezuwerden. Oder es schon zu sein.

„Was wollen Sie damit sagen? Menschen sind doch keine Geschenke."

„Doch, manchmal schon. Hast du noch nie jemanden sagen hören: ‚Du bist ein Geschenk des Himmels.'?"

„Ja, aber das war dann ja nur im übertragenden Sinne gemeint."

„Mag sein, aber ich bin wirklich ein Geschenk."

„Ach, nun hören Sie doch mit dem Unsinn auf. Sagen Sie, was wollen Sie hier?"

„Im Augenblick habe ich einen ziemlichen Hunger. Hast du außer den Orangen und den Nüssen noch was anderes zu Essen da?"

Er sah Tina entgeistert an, aber dann fiel ihm wieder ein, wie hungrig er selbst war.

„In der Küche. Ich wollte gerade nach unten, mir mein Abendbrot holen."

„Reicht es auch für uns beide?"

„Ja, das schon. Aber ..."

„Dann mach schon. Bevor ich vor Hunger sterbe."

„Na gut. Warten Sie hier."

Er stieg die knarrenden Stufen hinunter. Frau Steinhauer war weit und breit nicht zu sehen. Schnell raffte er in der Küche alles für das gemeinsame Abendessen zusammen. Nicht dass ihm die Steinhauer dazwischen kam und wissen wollte, warum er zwei Teller, zwei Gläser und so weiter aus der Küche holte. Glücklich gelangte er mit seinen Schätzen nach oben.

„Du, Konrad", empfing ihn Tina. „Wo ist denn hier das Örtchen?"

„Unten. Gegenüber der Küche."

„Danke."

Sie machte Anstalten, nach unten zu gehen.

„Um Gottes willen! Wollen Sie wohl hierbleiben!" rief Konrad so laut, wie er zu rufen wagte. „Wenn die Frau Steinhauer Sie sieht."

„Ja und?"

„Sie schmeißt mich raus."

„Ach Unsinn, ich muss jedenfalls mal. Und hör endlich auf, mich zu siezen."

Konrad stand bereits der Angstschweiß auf der Stirn. „Na gut. Aber ich gehe vor und schaue, ob die Luft rein ist, und dann gebe ich Ihnen ein Zeichen ... dir, wollte ich sagen."

Konrad versucht möglichst lautlos die knarrenden Stufen hinunter zu steigen, aber er war noch nicht weit gekommen, als er Licht in der Küche bemerkte. Es war nämlich so, dass die Küche nur ein Fenster hatte, und zwar zum Treppenhaus hin. Konrad sah, dass Frau Steinhauer gerade daran ging, ihr schmutziges Geschirr abzuwaschen. Er blieb stehen und wollte Tina ein Zeichen geben, oben zu bleiben, aber das Knarren der Stufen verriet ihm, dass sie einfach mir nichts, dir nichts hinter ihm her kam. Und jetzt hatte auch Frau Steinhauer etwas gehört und sah ihn mit strenger Miene an. Wenn er jetzt nicht zu ihr ging und ihr frohe Weihnachten wünschte, würde er Ärger bekommen. Verzweifelt versuchte er Tina zu warnen, aber er ahnte, dass das sinnlos war. Er eilte in die Küche, um so zu verhindern, dass Frau Steinhauer weiter durch das Fenster ins Treppenhaus schaute.

Er wünschte ihr ein frohes Fest und versuchte dann verzweifelt, ihre Aufmerksamkeit zu fesseln.

„Ist heute nicht wieder ein schöner Heiliger Abend? Haben Sie es auch schön? Ich habe Sie noch gar nicht singen gehört." Er lachte etwas gekünstelt, während er aus den Augenwinkeln heraus sah, wie Tina am Fenster vorbei ging. „Singen Sie nicht gerne Weihnachtslieder?"

Frau Steinhauer wollte etwas antworten, aber Konrad ließ sie nicht zu Wort kommen.

„Natürlich singen Sie auch sehr gerne. Wie wäre es mit *Süßer die Glocken nie klingen?*"

Er begann zu singen, während er gleichzeitig das Läuten der Glocken pantomimisch darstellte. Frau Steinhauer sang aber nicht mit, sondern sah nur verblüfft und mit offenem Mund zu, wie Konrad singend durch die Küche wirbelte, als wäre er von Sinnen.

Der spielte dabei mit dem Gedanken, sich selbst zu ohrfeigen. Warum hatte er kein Lied mit mehr Strophen gewählt? *Vom Himmel hoch* oder so. Aber als er bei der dritten und letzten Strophe angekommen war, sah er erleichtert Tina am Küchenfenster vorbei gehen.

Konrad simulierte einen Hustenanfall, um das Knarren der Treppe zu übertönen.

„Ach, was gibt es Schöneres, als am Heiligabend gemeinsam Weihnachtslieder zu singen. Leider sind meine Stimmbänder heute etwas gereizt. Das muss am Wetter liegen. Also, dann noch einen schönen Abend, liebe Frau Steinhauer." Und damit machte sich Konrad auf und davon.

Er fand Tina im Schlafzimmer. Sie hatte das Licht gelöscht und stand am Fenster und starrte in die Dunkelheit hinaus. Es war eine mondlose Nacht, aber dank des Schnees reichte das Licht der Sterne, um in der Ferne den Altenburger Berg, das Ziel von Konrads heutiger Wanderung, schemenhaft ausmachen zu können.

„Fürchtest du dich auch vor der Dunkelheit?", fragte Tina.

Konrad sah sie überrascht an. „Aber in dieser heiligen Nacht fürchtet man sich doch vor nichts."

„Wenn du meinst." Sie zuckte die Schultern. „Dann lass uns jetzt was essen."

Sie gingen ins Wohnzimmer hinüber und setzten sich an den Tisch, wo Brot und Käse, ein wenig kalter Braten und Wein und Wasser auf sie warteten. Sie aßen eine Weile schweigend. Konrad überlegte, ob er noch einmal fragen sollte, woher und warum sie zu ihm gekommen sei, aber er hatte ein wenig Angst vor der Antwort. Nach all der Aufregung mit Frau Steinhauer zog er es vor, einfach ihre Anwesenheit hinzunehmen, vielleicht sogar ein wenig zu genießen, weil er den Heiligabend nun doch nicht allein verbringen musste.

Schließlich deutete Tina auf seine Geige, und auf ihre Frage hin erzählte er ihr, dass die Musik schon immer seine Leidenschaft gewesen sei, dass er schon als kleines Kind davon geträumt habe, Geige spielen zu lernen, dass er jetzt eine zweite Violine bei den Bamberger Symphonikern sei, und immer mehr und mehr erzählte er Tina. Er konnte sich nicht erinnern, jemals so viel über sich geredet zu haben. Und noch dazu zu einem völlig fremden Menschen.

Das Leuchten in ihren Augen verriet Konrad, dass Tina voller Interesse zuhörte. Als er an den Punkt gelangte, wo ihm nichts mehr einfiel, meinte sie: „Es ist wunderschön, wenn du von dir erzählst. Ich könnte stundenlang hier sitzen und dir zuhören."

Konrad senkte den Blick und hoffte, nicht zu erröten. „Bist du noch hungrig, oder kann ich die Sachen wieder in die Küche bringen?"

„Ich fühle mich sauwohl."

Beladen mit den Resten des Mahls und dem Geschirr schlich Konrad die Treppe hinunter in die Küche. Als er zurückkam, meinte Tina, sie würde jetzt gerne schlafen gehen. Vor diesem Augenblick hatte Konrad sich schon seit einiger Zeit gefürchtet. Es gab hier bei ihm doch nur ein Bett. Vorsichtig wies er Tina auf diesen Umstand hin, aber sie wischte seine Bedenken beiseite.

„Dein Bett ist doch breit genug für uns beide. Wir müssen uns nur ein wenig aneinander kuscheln."

Aber davon wollte Konrad nichts wissen. Er würde ihr das Bett überlassen. Da wäre noch eine alte Wolldecke, er würde mit dieser Decke auf dem Boden schlafen. Die Diskussion ging hin und her, Tina nannte ihn einen furchtbaren, alten Dummkopf, aber am Ende setzte Konrad sich durch. Tina legte sich in sein Bett, und ihrem ruhigen und langsamen Atem nach war sie auch im Nu eingeschlafen. Konrad hingegen lag lange wach, aber das lag keineswegs an dem harten Fußboden. Jung, wie er war, hätte er auch dort ohne Probleme Schlaf finden können. Nein, es war Tinas rätselhaftes Erscheinen, das ihn wach hielt. Und diese sonderbare Freude, die er empfand bei dem Gedanken an das merkwürdige Mädchen. Endlich schlief er doch ein, aber es war ein unruhiger Schlaf. Irgendwann erwachte er und sah zu seinem Bett hinüber. Trotz der Dunkelheit meinte er, erkennen zu können, dass das Bett leer sei.

Ein furchtbarer Schrecken fuhr ihm in die Glieder, und er stand sofort auf, um sich zu überzeugen. Das Bett *war* leer!

Im selben Augenblick hörte er eine Geige. Mitten in die Stille der Nacht hinein gespielt klang sie beängstigend laut. Wenn das die Steinhauer hört!, dachte er und stürmte in sein Wohnzimmer. Da stand sie, die Tina, und spielte auf seiner Geige.

„Bist du wahnsinnig geworden. Was machst du denn da?"

„Musik", antwortete Tina schlicht. „Ich konnte nicht mehr schlafen."

Wenn er nicht so aufgeregt gewesen wäre, hätte ihm auffallen müssen, wie gut sie spielte. Aber im

Augenblick lähmte die Angst vor Frau Steinhauer seine Wahrnehmung.

„Geh wieder ins Bett."

„Aber nur, wenn du mit zu mir kommst. Sonst spiele ich weiter."

Konrad sah keinen anderen Ausweg, als einzuwilligen.

Obwohl das Bett nicht sehr breit war, versuchte er, eine Berührung Tinas unter allen Umständen zu vermeiden. Er war drauf und dran, aus dem Bett zu fallen, so nahe lag er an der Bettkante, und am Ende legte Tina doch einfach ihren Arm um ihn, und da gab er sich geschlagen und schlief ein.

Sie standen recht früh auf und hatten so das Glück, dass ihnen Frau Steinhauer nicht in die Quere kam. Erst als sie gefrühstückt hatten und zu einem Spaziergang aufbrechen wollten, hörten sie sie unten in der Küche rumoren.

„So ein Mist!", schimpfte Konrad. „Sie frühstückt immer in der Küche und dann hat sie das Treppenhaus im Blick. Ich kann nicht schon wieder Weihnachtslieder mit ihr singen."

„Sei doch nicht immer so ängstlich. Wir gehen einfach an ihrem Fenster vorbei."

„Du bist doch gestern unbemerkt hier reingekommen. Kannst du so nicht auch heute heraus?"

„Doch, das könnte ich." Sie zögerte einen Moment. „Aber dann kann ich nie wieder zu dir zurückkommen. Möchtest du das?" Und dabei sah sie ihn mit traurigen Augen an.

Konrad musste schlucken, denn ihm saß plötzlich ein Kloß im Hals.

„Nein, das möchte ich nicht. Aber wie kommen wir hier raus?"

„Geh nur schon vor und lass mich machen."

„Aber sie darf dich nicht sehen."

„Nein, das wird sie nicht. Sehen wird sie mich nicht."

Konrad hatte kein gutes Gefühl, als er die Treppe hinunter schlich, und tatsächlich, kaum hatte Frau Steinhauer ihn durchs Fenster hindurch erblickt, kam sie aus ihrer Küche gelaufen. Mit vor Zorn bebender Stimme machte sie ihm Vorhaltungen, weil er mitten in der Nacht Geige gespielt hätte. Konrad wies den Vorwurf voller Überzeugung zurück, ja, er schwor sogar bei Gott und allen Heiligen, nicht Geige gespielt zu haben, und das konnte er ja auch guten Gewissens. Und während sie sich noch gegenüberstanden, erklang ganz unerwarteterweise eine Geige. Frau Steinhauer sah Konrad verblüfft an.

„Ich glaube", meinte Konrad, selbst ein wenig überrascht, „also, es klingt, als wenn jemand in Ihrem Wohnzimmer Geige spielt."

Das Komische war, es klang wirklich so, und je näher die beiden der offen stehenden Wohnzimmertür kamen, desto eindeutiger wurde das. Aber kurz bevor sie das Zimmer betraten, brach das Spiel unvermittelt ab. Und dann standen sie im Wohnzimmer, und es war keine Menschenseele da. Frau Steinhauer war sprachlos, und Konrad fiel auch nichts Besseres ein, als zu sagen: „Einen schönen Weihnachtsbaum haben Sie." Die Steinhauer sah ihn an, als hätte er in einer ihr unbekannten Sprache geredet.

Als Konrad endlich das Haus verließ, stand Tina da und lachte ihn vergnügt an.

„War das Zauberei?", fragte er.

„Nein, du Dummkopf. Denk doch mal ein bisschen nach."

Konrad konnte sich die Sache mit der Geigenmusik zwar nicht erklären, aber er ließ sich nicht die gute Laune verderben. Es war Weihnachten und alle Menschen, die ihnen begegneten, waren guter Dinge, und als es dann auch noch zu schneien begann, lieferten die beiden sich eine Schneeballschlacht. Zu Mittag aßen sie in einer Gaststätte in der Altstadt nicht weit vom Dominikanerkloster. Eigentlich konnte er sich so eine Ausgabe, für zwei dort zu bezahlen, gar nicht leisten, aber er tat es selbstverständlich trotzdem, denn er sagte sich, dass Tina möglicherweise aus einer besseren Welt kam, in der es gar kein Geld gab.

Sie wanderten den Nachmittag hin und her durch Bamberg, bis es für Konrad Zeit wurde, seine Geige zu holen und zur Konzerthalle zu gehen. Tina hätte den Auftritt gerne miterleben, aber er erklärte, es wäre restlos ausverkauft. Das stimmte nicht. Nur fürchtete er, ihre Anwesenheit im Publikum würde ihn so nervös machen, dass ihm ein Fehler nach dem anderen unterlaufen und er am Ende seine Stellung verlieren würde.

„Dann warte ich in der Wohnung auf dich", sagte Tina.

„Wie willst du denn da rein kommen?"

„Ich finde einen Weg."

Er machte im Konzert keine Fehler. Nicht einmal der Anblick der kleinen Machiko gegenüber bei den ersten Violinen konnte ihn heute aus der Ruhe bringen.

Erst auf dem Heimweg wurde er nervös. Was, wenn er nach Hause käme und Tina wäre nicht da? Er beschleunigte seine Schritte. Heute hastete er sogar am wunderschönen Alten Rathaus vorbei, ohne es eines Blickes zu würdigen. Endlich war er am Schillerplatz angekommen. Im Haus stürmte er, immer zwei Stufen auf einmal nehmend, in den dritten Stock. Im Wohnzimmer? Niemand. Im

Schlafzimmer? Ein Schatten am Fenster. Er wollte Licht machen.

„Nicht, Konrad."

Alle Aufregung fiel von ihm ab, als er ihre Stimme erkannte. Er ging zum Fenster.

„Hast du wieder Angst? Vor der Dunkelheit?"

„Weißt du, warum ich letzte Nacht nicht schlafen konnte?"

„Erzähl es mir."

„Ich habe geträumt."

„Aber du weinst ja."

„Na und? Ich habe von der Wilden Jagd geträumt. Dass sie mich holen wollen."

Wilde Jagd? Konrad überlegte. Waren das nicht die aus Webers *Freischütz*? Und dann fiel ihm ein, dass seine Großmutter felsenfest überzeugt gewesen war, man dürfe zwischen Weihnachten und den Heiligen Drei Königen keine Wäsche aufhängen. Eben wegen der Wilden Jagd.

„Du bist doch nicht etwa abergläubisch?"

Tina ging nicht auf seine Frage ein.

„Willst du mit mir fliehen? Wir beide gemeinsam?"

Konrad wusste nicht, was er antworten sollte. Dann blickte er in ihre Augen und sah in ihnen das Licht der Sterne glitzern.

Als sie am nächsten Tag bis Mittag nichts von Konrad gehört hatte, ging Frau Steinhauer hinauf und bollerte erst an der einen, dann an der anderen Tür. Alles blieb still, und sie stellte fest, dass ihr Untermieter fort war.

Das Opfer

Viel Zeit blieb ihnen nicht mehr. Sie gingen in den Erfrischungsraum, der besonders jetzt am Abend genauso düster und schmuddelig wirkte wie der Bahnhof selbst. Von dort aus konnten sie das Gleis sehen, von dem der Zug nach Harwich abfahren sollte. Liverpool Street Station, das Tor zum Kontinent, so nannte man den Bahnhof wegen eben dieser Verbindung zu den Fähren nach Hoek van Holland und Vlissingen.

Thilo Schönhoff bestellte am Tresen zwei Tassen Tee, die er dann behutsam zum Tisch hinüber trug. Er bemerkte, dass Helen unverwandt, ja wie versteinert auf das abgenutzte Holz der Tischplatte starrte. Als er die Tassen abstellte, erwachte sie aus ihrem Stupor.

„Danke."

Thilo schwieg einen Moment lang und sah auf die Uhr. „In einer halben Stunde geht mein Zug, Helen."

„Ja."

„Du hättest nicht mit hierherkommen sollen."

„Aber ich wollte. Nach allem, was zwischen uns gewesen ist. Oder bin ich für dich ... so unwichtig, dass du mich ohne Abschied verlassen willst?"

„Nein, Helen, manchmal ... es wäre für mich leichter gewesen, ohne diese Szene. Auch für dich. Es macht uns den Abschied doch nur noch viel schwerer."

„Aber wenn ich dir wirklich etwas bedeute, warum gehst du fort? Warum bleibst du nicht?"

„Es geht nicht anders. Ich muss."

„Es ist noch nicht zu spät, Thilo. Bleib hier. Bleib bei mir. Ich bitte dich."

„Du weißt, dass das unmöglich ist. Und es tut mir leid, dass es so ist. Glaub mir." Und nach einer kurzen Pause: „Ich gehöre nicht hierher. Mein Platz ist anderswo. Es ist der, den Gott mir vorherbestimmt hat."

„Du wirfst alles hin, willst von all dem, was zwischen uns war, nichts mehr wissen. Und das alles nur wegen dieses Briefs? Oh ja, Vater hat mir davon erzählt. Dass dieser Professor Rüegg dir geschrieben hat. Dass er dich aufgefordert hat, nach Deutschland zurückzukehren. Was hat er dir denn zu befehlen? Nur weil du einmal sein Student gewesen bist? Du kannst selbst über dein Leben entscheiden."

„Aber es ist doch nicht wegen des Briefs, sondern weil Professor Rüegg mir etwas vor Augen geführt hat, was ich auch selbst hätte erkennen müssen."

„Ach ja? Du willst wie ein neuer Thomas Beckett das Banner der Kirche hochhalten gegen den Tyrannen und womöglich in den Tod gehen. Damit man dich als Märtyrer feiert. Und Vater hat dich wahrscheinlich noch bestärkt in diesem unseligen Entschluss. Merkst du nicht, dass du nur ein Spielzeug bist in den Händen dieser weisen alten Männer. Der Bischofs hier, der Professors da. Sie sagen dir, was du tun sollst und was nicht, und du lässt dir das gefallen."

„Nein, dein Vater hat *nicht* versucht, mich zu beeinflussen. Er hat gewusst, dass ich selber entscheiden muss, und er hat das respektiert."

„Oh Thilo, kannst du nicht erkennen, was für eine schlimme, was für eine törichte Entscheidung du getroffen hast?

„Du verstehst nicht, Helen. Rüegg hat recht. Jeder deutsche Christ und erst recht einer, der ein geistliches Amt innehat, ist in die Nachfolge Christi gerufen, und das heißt heute, dass er sich zum Kampf gegen die Diktatur der Nationalsozialisten bekennen muss. Und dazu muss ich nach Deutschland zurück. Hier in der Gemeinde in London bin ich am falschen Platz."

„Sind die Menschen hier denn weniger wert? Brauchen sie keinen Hirten?"

„Es wird sich ein anderer finden."

„Den du für feige halten und verachten wirst, weil er sich hier in der Auslandsgemeinde verkriecht."

„Nein."

„Und was ist mit mir? Bedeutet es nichts, rein gar nichts, dass ich dich liebe? Ist dein Gott nicht der Gott der Liebe?"

„*Mein* Gott? So wie du es sagst, klingt es, als würdest du an einen anderen Gott glauben."

„Nein, ich rede von demselben Gott. Aber der Gott, wie ich ihn kenne, bei dem ist das mit der Liebe nicht nur leeres Gerede. Er meint es ernst. Ihm ist meine Liebe zu dir nicht gleichgültig. Du hingegen hast dich verrannt in deine Ablehnung Hitlers und für alles andere bist du blind geworden. Ist es wirklich so wichtig, wer im Hier und Jetzt das Sagen hat? Ob es diese oder jene Regierung ist? Hat Jesus nicht gesagt: ‚Mein Reich ist nicht von dieser Welt'?"

„Aber das ist doch ganz anders zu verstehen."

„Ach ja, ich vergaß. Ich bin für dich nur ein Dummerchen. Mit einer wie mir diskutiert der kluge Theologe solche Fragen nicht. So eine ist gerade gut genug, um mit ihr …"

„Sei still, Helen. Ich bitte dich. Du weißt, dass es nicht so ist."

„Warum seid ihr so, ihr Männer Gottes? Warum wird alles Schöne und alles Lebenswerte unter eurer Berührung zu Asche? Zu Staub? Wenn euch doch wenigstens alles zu Gold würde, so wie dem König Krösus."

„Du meinst König Midas."

„Midas oder Krösus. Ist das nicht egal? Wenn du weißt, welchen ich meine, warum musst du mir meine Dummheit trotzdem unter die Nase reiben?"

„Entschuldige, Helen."

Er sah kurz auf die Uhr. Nicht mehr lange, bis sein Zug fuhr. Einer ungewissen Zukunft entgegen. Und er würde Helen zurücklassen. Vielleicht würde er sie nie wiedersehen. Er trank seinen Tee aus.

„Ich glaube, es ist Zeit für mich", sagte er, nachdem sie lange geschwiegen hatten.

Sie gingen hinaus in die Bahnhofshalle, durch die Dampf- und Rauchschwaden von Lokomotiven waberten. Das künstliche Licht, das nur hier und da das nächtliche Dunkel durchdrang, war kalt und grell.

Kleine Mädchen, große Herzen

Sie fuhren mit dem Postbus nach Sonogno, um von dort das Verzascatal hinunter nach Lavertezzo zu wandern. James hatte darauf bestanden. George wäre lieber den Weg von Lavertezzo das Tal hinauf gegangen, aber nach den Erfahrungen vom Vortag hatte James das kategorisch abgelehnt.

Sie waren gestern von Locarnos Altstadt auf steilen Wegen zu ihrer Unterkunft oberhalb des Ortes aufgestiegen. James hatte es sich nicht so schlimm vorgestellt. Er verfluchte George dafür, dass er es vorgeschlagen hatte. Besser, sie hätten wie am Tag ihrer Ankunft den Bus genommen, denn die sogenannten Sentieri waren in Wirklichkeit keine Wege, sondern Treppen. Mal waren die Stufen hoch, mal flach, mal lange Abstände zwischen ihnen, mal kurze. Hin und wieder kreuzten diese Wege die Straßen, die sich von Spitzkehre zu Spitzkehre elegant den Abhang hinauf schwangen. Manchmal führte der Sentiero eine Weile parallel zum Abhang entlang. Das war dann eine willkommene Erholung für James' müde Beine und ein Spektakel für seine Augen, denn auf diesen Abschnitten konnte er in die Ebene hinab sehen, wo die Häuser Locarnos mehr und mehr Spielzeugwürfeln ähnelten.

Die beiden Männer waren noch jung, aber während George leichtfüßig voranschritt, hatte James mit seinen über 100 Kilo Mühe zu folgen. Er hatte Kraft, aber die steckte eher in den Armen, nicht in den Beinen. Seinen schweren Körper Stufe um Stufe den Berg hochzuwuchten, ohne dass die Quälerei ein Ende nehmen wollte, machte ihm zu schaffen. Immer häufiger zog er sein Taschentuch hervor, um sich das Gesicht und den Hals zu trocknen. Dennoch brannte ihm immer wieder Schweiß in den Augen. Für Georges begeisterte Rufe, die ihn auf die kleinen Echsen aufmerksam machen wollten, welche auf dem Weg oder den Mauern ihren Körper in der prallen Sonne aufheizten, hatte er keinen Sinn, zumal die kleinen Biester, wie James sie nannte, sich längst in irgendeine Mauerspalte geflüchtet hatten, wenn er angeschnauft kam. James erreichte das Ziel schließlich mit zwei weichen Knien und einem festen Entschluss. Sie würden anderntags von Sonogno nach Lavertezzo wandern und nicht von Lavertezzo nach Sonogno. Der Höhenunterschied zwischen beiden Orten betrug 400 Meter, und zwar in die eine Richtung rauf, in die andere runter. Hätte James nicht darauf bestanden, bergab zu wandern, wären die beiden Bella und Gritli nie begegnet.

Als das geschah, waren sie nicht mehr weit von Lavertezzo entfernt und die Notlage war unübersehbar. George zögerte keinen Augenblick, Hilfe anzubieten, wobei er sich wie selbstverständlich mit einer ebenso freundlichen wie besorgten Miene an die bezaubernde Bella wandte und nicht an die mit schmerzverzerrtem Gesicht am Wegesrand sitzende Gritli. Er kniete neben Bella nieder, die dabei war, den verstauchten Fuß Gritlis zu untersuchen.

„Sollen wir Hilfe rufen? Einen Krankenwagen?", fragte George.

„Nein, auf keinen Fall!", flehte Gritli. „Es wird schon gehen. Wir sind ja nicht weit vom nächsten Ort entfernt."

Tatsächlich war der Kirchturm von Lavertezzo bereits zu sehen. Eine Weile wurde diskutiert, was zu tun sei. Schließlich richtete sich Gritli vorsichtig auf, legte ihre Arme auf die Schultern von George und James und dann marschierte man, Bella voran, Richtung Dorf.

„Seid ihr auch aus Sonogno gekommen?", fragte George.

„Nein, da wollten wir hin." Es war Bella, die antwortete.

„Dann seid ihr ja nicht weit gekommen."

„Nicht wahr?", klagte Gritli in weinerlichem Ton und zu Bella gewandt: „Es tut mir so leid, dass ich dir den Tag verdorben habe."

„Unsinn. So etwas kann jedem passieren."

„Ja, aber komischerweise passiert es immer nur mir und nie den anderen."

„Wir werden wohl oder übel mit dem nächsten Bus wieder nach Locarno fahren müssen."

„So ein Zufall! Das wollen wir auch."

„Tatsächlich? Ich heiße übrigens Bella und das ist Gritli."

„Ich heiße George."

„Und du?"

„Er heißt James."

James störte es nicht weiter, dass George die Unterhaltung führte, denn er hatte der blonden Bella in die Augen geschaut und dabei gefunden, dass sie wundervolle hellbraune Augen besaß, und diese Beobachtung hatte weitreichende Folgen für ihn. Eine davon war der Verlust der Sprache. George waren Bellas Augen auch aufgefallen, aber bei ihm hatte das dazu geführt, dass er gar nicht mehr aufhören konnte zu reden, woran deutlich wird, wie verschieden die Menschen doch sind.

„Ich glaube, nein, ich bin sogar sicher", erklärte James, als sie sich von den beiden Mädchen am Bahnhof getrennt hatten, mit dem Stadtbus den Hügel hinauf gefahren waren und sich in ihrem Quartier in Monti della Trinità hoch über Locarno mit einer ordentlichen Portion Spaghetti aglio, olio e peperoncini und mehreren Gläsern Tessiner Bianco del Merlot gestärkt hatten, „ich habe mich verliebt." George gab keine Auskunft über seinen Seelenzustand beziehungsweise seinen Hormonspiegel. Er hielt das nicht für opportun.

Am nächsten Abend besuchten die beiden Mädchen James und George in Monti della Trinità. Man aß und trank zusammen, hatte viel Spaß und am Ende saßen James und Bella mit ernster Miene und schweigend auf einer Bank auf der Terrasse, während die anderen beiden in der Küche lachend den Abwasch besorgten.

Wie so oft war es auch in dieser Nacht vollkommen windstill. Die Bäume in der Nähe, vornehmlich Kastanien mit ein paar Eichen dazwischen, standen reglos wie eine gemalte Kulisse da und darüber erhoben sich im Mondlicht jenseits des Sees, der selbst hinter den Bäumen verborgen war, der Monte Gambarogno, der Monte Tamaro und die anderen Gipfel. James genoss die friedvolle Stimmung, die über ihrer Welt lag. Hier und da glitzerten Lichter an den fernen Hängen, die für James so aussahen wie herabgefallene Sterne. Er hätte gerne gewusst, woran sie Bella erinnerten, aber er wagte nicht, sie zu fragen. Es wäre unklug, sagte er sich, die Stille zu stören. Er tastete stattdessen vorsichtig nach ihrer Hand. Er nahm an, dass sie nicht weit von der seinen entfernt sein würde, aber es dauerte eine Weile, bis er sie fand, aber dann fand er sie sogar alle beide, die eine auf der anderen ruhend. Bella gab einen Laut von sich, der fast wie das Schnurren einer Katze klang. Seine Hand ruhte auf der einen ihrer Hände und allem, was sich noch darunter befand, und er wusste diese Situation durchaus zu schätzen, hatte aber keine Idee, was er als Nächstes machen sollte. Am Ende entschied er sich für eine eher intellektuelle Herangehensweise.

„Hast du schon mal daran gedacht zu heiraten?"

„Natürlich. So etwas kann einem ja immer mal passieren, auch wenn man noch so aufpasst."

James versuchte, Bellas Antwort einzuordnen, kam zu keinem eindeutigen Ergebnis und hielt es daher für angebracht, einen zweiten Anlauf zu wagen.

„Möchtest du gerne so heißen wie ich?"

„So wie du?" Bella lachte. „Ich glaube nicht. James passt irgendwie nicht zu mir."

„Nein, ich meine doch Finsberg-Stallard."

„Wie? Heißt du etwa wirklich so?" Bellas Heiterkeit kannte keine Grenzen mehr. „Ich dachte, das wäre ein Witz gewesen. Was es in England für lustige Namen gibt."

James antwortet nichts darauf. Bella lehnte ihren Kopf an seine Schulter und gab noch einmal das kleine Geräusch von sich, aber James zog sich für eine Weile in sein Schneckenhaus zurück und brütete vor sich hin.

Am Ende sagte er sich, dass auch Bella darauf brannte, ihm ihr Herz schenken zu können. Möglicherweise war sie nur zu schüchtern, um offen darüber zu reden.

Bevor Bella und Gritli sich auf den Heimweg machten, verabredeten sie sich mit den jungen Männern für den nächsten Tag zum Essen in einem Grotto unten in Solduno. Bella hatte James vorgeschlagen, sich vor der SS. Trinità zu treffen und dann gemeinsam den Sentiero alle Coste nach Solduno hinunterzugehen, womit sich James arglos sofort einverstanden erklärt hatte. Schließlich sollte es abwärts gehen. Als er später einen Blick auf den Stadtplan warf, stellte er erfreut fest, dass dieser Sentiero der weitaus kürzeste Weg nach Solduno war. Um so besser!

Gritli und George würden sie unten im Grotto treffen. Die beiden wollten vorher noch ins Museum im Castello Visconteo. Das hätte James auch sehr interessiert. Vor allem die archäologische Abteilung. Es sollte dort sogar eine Sammlung apulischer Vasen aus dem 8. Jahrhundert vor Christi geben. Aber was war das alles gegen einen Spaziergang mit Bella?

Zur verabredeten Stunde erschien James am Treffpunkt und fand Bella auf einer Bank vor der Kirche im Schatten sitzend. Ein kleiner Brunnen plätscherte leise und der Blick von hier auf den Lago Maggiore und die Berge dahinter war atemberaubend schön. James hätte sich gerne für einen Moment neben Bella gesetzt, aber die sprang sofort auf, als sie ihn sah, erklärte, dass man nun endlich aufbrechen könne, und führte James auf der Straße hinter der Kirche Richtung Westen bis zu einem Sentiero. Es war ein anheimelnder, schattiger Weg, angenehm zu gehen.

Bald erreichten sie eine Gabelung, geradeaus ging es nach Locarno, rechts führte eine Treppe Richtung Solduno. Leichtfüßig eilte Bella die Stufen hinunter. James sah ihr hinterher und blickte dabei in einen Abgrund. Die Treppe erinnerte ihn an den Niedergang in einem Schiff, nur gab es hier keinen Handlauf. Einen Moment lang spielte er mit dem Gedanken, die Stufen mit dem Rücken voranzugehen, aber den Gedanken verwarf er schnell wieder. Er folgte Bella mit langsamen, vorsichtigen Schritten, zittrigen Knien und kaltem Schweiß auf der Stirn. Wenn man nicht schwindelfrei ist, soll man nicht nach unten schauen, erinnerte sich James und sagte sich voll Bitterkeit, dass die meisten guten Ratschläge schwer zu befolgen seien. Wie sollte er hier heil herunterkommen, wenn er nicht darauf achtete, wohin er trat? Immerhin vergrößerte sich der Abstand zwischen den Stufen nach einiger Zeit wieder, und er schritt beherzter aus.

Aber sein Glück währte nicht lange. Hinter einer Biegung wurde es wieder steiler und James ahnte langsam, warum der Weg auf seiner Karte so kurz war. Es fehlte die dritte Dimension!

Und dann wurde der Weg zu einem reinen Trampelpfad. Kein Geländer, keine Stufen, kein Garnichts. Es ging einfach nur bergab. Senkrecht bergab, so schien es James.

Bella hatte schon einen deutlichen Vorsprung gewonnen. Sie eilte Schritt um Schritt hinab, mit der schlafwandlerischen Sicherheit einer Gams den richtigen Weg wählend.

James machte ein oder zwei zögerliche Schritte, dann blieb er stehen. Er rief ihren Namen. War sie schon so weit weg, dass sie ihn nicht hörte? James war sicher, dass sie sich voll und ganz auf den Abstieg konzentrieren musste und deshalb gar nicht bemerkte, dass er zurückblieb. Eine Weile sah er der entschwindenden Gestalt nach, dann schüttelte er müde den Kopf und sagte leise: „Nein." Er trocknete seinen Schweiß, und als Bella hinter einer Biegung entschwand, machte er kehrt und ging den Pfad zurück.

Er machte es schweren Herzens, denn er stellte sich Bellas Bestürzung vor, wenn sie sein Verschwinden bemerkte. Sicher würde sie sich Sorgen um ihn machen. Möglicherweise machte sie sich sogar Vorwürfe seinetwegen. Einen Moment lang spielte er mit dem Gedanken umzukehren und allen Gefahren trotzend doch den Abstieg zu wagen, nur um Bella vor solch Ungemach zu bewahren. Aber am Ende behielt die Angst vor dem Abgrund – oder sollte man sagen: der gesunde Menschenverstand? – die Oberhand, und James setzte seinen

Weg in die entgegengesetzte Richtung fort, weg von der Gefahr.

Er wanderte auf sicheren Wegen hinunter nach Locarno und von dort nahm er den Bus nach Solduno. Als er dort mit großer Verspätung im Grotto ankam, wartete nur Gritli auf ihn.

„Die anderen sind nach dem Essen gegangen. Sie haben mir gesagt, ich soll auf dich warten." Sie deutete auf die Kaffeetassen auf dem Tisch. „Willst du auch einen?"

Er bestellte sich Kaffee, obwohl sie eigentlich zum Essen verabredet gewesen waren. Im Augenblick hatte er aber auch gar keinen Appetit.

Gritli sah ihn ein wenig mitleidig an. Sie war keine Schönheit. Sie hatte sehr langes, blondes und fein gelocktes Haar mit einem winzigen Stich ins Rötliche, was ihr das Aussehen eines Rauschgoldengels verliehen hätte, wäre auch ihr Gesicht engelsgleich gewesen. Aber es war ein grobschlächtiges Gesicht, das zwar nicht zu ihrem Haar, aber dafür umso besser zu ihrem rundlichen und gedrungenen Körper passte. James fand sie plump und bäurisch, aber auch gutmütig.

„Es war nicht nett von Bella", sagte sie, „ich meine, mit dir diesen steilen Weg zu gehen."

James sah sie fragend an.

„Sie hat natürlich gewusst, dass du nicht schwindelfrei bist. George hatte es ihr verraten. Aber sie hat nur gelacht und gesagt: ‚Ich werde ja sehen, was stärker ist.'"

James ließ den Kopf auf die Brust sinken.

„Ach, sei nicht traurig. So ist Bella nun mal. Weißt du was? Wir nehmen den Bus und fahren nach Ascona und gehen auf der Promenade am See spazieren. Heute ist genau das Wetter dafür. Und wenn die Sonne untergeht, setzen wir uns auf eine Bank, schauen auf den See hinaus und träumen zusammen von irgendwas. Wäre das nicht wunderschön?"

Der Schakal und die Oase Zerzura

Der Schakal lebte in der Wüste nicht weit vom Brunnen Bir al-Sheikh. In den Hügeln oberhalb des Brunnens hatte er eine gemütliche Höhle, deren Ausgang nach Westen ging.

Abends, wenn die Sonne sich dem Horizont näherte, saß der Schakal oft vor seiner Höhle und bewunderte das Farbenspiel der untergehenden Sonne, denn nirgendwo ist der Sonnenuntergang so herrlich anzuschauen wie in der Wüste. Wenn es dann schließlich dunkel geworden war und die Sterne am Himmel standen und der Mond die Wüste in sein milchiges Licht tauchte, fühlte der Schakal, wie die Schönheit und die Einsamkeit der

Landschaft sein Herz anrührten, und er begann zu singen. Es waren Lieder, die seine Mutter ihn vor langen Jahren, als er noch ein Kind war, gelehrt hatte.

Wurde ihm dann schließlich die Kehle trocken vom vielen Singen, schlenderte er ins Tal zum Bir al-Sheikh, um sich mit einem Trunk Wasser zu erfrischen.

Der Bir al-Sheikh war ein guter Brunnen. Sein Wasser war rein und süß. Im Frühjahr während der Regenzeit wollte er schier überlaufen, dann, in der Sommerzeit, ging der Wasserstand zurück, aber nie hatte der Schakal den Weg zum Bir al-Sheikh vergeblich gemacht. Immer hatte er einen erquickenden Trunk vorgefunden.

Aber es kam ein Frühjahr, in dem die Regenfälle ausblieben, und im langen, heißen Sommer, der diesem Frühling folgte, sank der Wasserspiegel des Brunnens immer tiefer. Eines Abends gelangte der Schakal zum Bir al-Sheikh und fand ihn erschöpft. Eine Karawane war während des Tages vorbeigezogen und hatte alles Wasser, das noch vorhanden gewesen war, verbraucht.

„Hier ist kein Leben mehr, mein Freund", sagte eine Stimme in der Dunkelheit. Erschrocken bemerkte der Schakal, dass er nicht allein war. Ein Kamel, furchtbar abgemagert und dem Tode nahe, lagerte in einiger Entfernung vom Brunnen. Mit großen, müden Augen sah es den Schakal an und sagte: „Dieser Brunnen ist erschöpft, und er wird lange, lange Zeit kein Wasser mehr geben. Wenn du hierbleibst, wirst du elendig verdursten. Wende dich nach Osten, Schakal. Geh zur Oase Zerzura; dort gibt es immer Wasser."

Betrübt und durstig kehrte der Schakal zu seiner Höhle zurück. Ein Leben lang hatte der Bir al-Sheikh ihm Wasser gespendet, jetzt sollte es damit vorbei sein? Nein, er wollte seine Heimat nicht verlassen. Morgen würde der Bir al-Sheikh wieder Wasser führen. Heute hatte die Karawane alles Wasser verbraucht, aber morgen würde er wieder gefüllt sein.

Beklommen stieg der Schakal am nächsten Abend ins Tal hinab. Schon von Weitem sah er das Kamel neben dem Brunnen liegen. Es war tot. Der Schakal sah in den Bir al-Sheikh hinein, und er sah nichts als Sand, ausgedörrten, trockenen Sand. Kein Wasser hatte sich im Laufe des Tages angesammelt, und der Schakal kehrte traurig zu seiner Höhle zurück.

Am nächsten Abend ging er wieder zum Bir al-Sheikh. Unterwegs blickte er zur unendlichen Pracht des Sternenhimmels empor und sagte zu sich: „Wenn ich auch heute kein Wasser finde, werde ich mich aufmachen müssen zur Oase Zerzura."

Er fand kein Wasser im Bir al-Sheikh. Also wandte er sich gen Osten, dorthin, wo die sagenumwobene Oase sich befinden sollte.

Zwei Tagesreisen ist Zerzura vom Bir al-Sheikh entfernt. Die Oase ist reich mit Wasser gesegnet, und Menschen wohnen dort, die sich Ziegen und Kamele halten. Nahe den Quellen gedeihen Dattelpalmen und tragen üppige Frucht.

Der Schakal war vom Durst inzwischen so geschwächt, dass er Zerzura erst nach vier Tagen erreichte. Nur des Nachts war er gewandert, während des Tages hatte er versucht, in irgendwelchen Winkeln Zuflucht vor den gleißenden Sonnenstrahlen zu finden. Als er die Oase erreichte, war er am Ende seiner Kräfte.

„Was willst du hier, Fremdling?", fragte unwirsch der Skorpion, der den Eingang der Oase bewachte, als er den Schakal erblickte.

„Wasser. Ich habe Durst, furchtbaren Durst. Der Bir al-Sheikh, der mich all die Jahre mit seinem Wasser erquickt hat, ist ausgetrocknet. Ich bin seit vier Tagen nach hier unterwegs und dem Tode nahe."

„Ja, ja, es ist eine große Dürre, von der wir heimgesucht werden. Von überall strömt das Gesindel herbei, um sich an Zerzuras Wasser zu laben. Dabei haben wir für uns selbst und unser Vieh kaum genug." Ein harter Glanz trat in die kleinen Äuglein des Skorpions. „Nein, Fremdling, wir haben kein

Wasser für dich. Geh! Mach, dass du fortkommst! Für dich gibt es in Zerzura kein Wasser!"

„Wenn ihr mich abweist, bin ich des Todes", entgegnete der Schakal mit matter Stimme.

"Gleichwohl, wir haben kein Wasser für dich und deinesgleichen. Fort mit dir!"

Mühsam schleppte der Schakal sich wieder in die Wüste hinaus. Das war das Ende. Die Gluthitze des kommenden Tages würde er nicht überleben. Es war um ihn geschehen. Er sah zum sternenklaren Himmel hinauf. Er war so schön wie in seiner Heimat am Bir al-Sheikh.

Der Schakal stimmte eines seiner Lieder an. Gar furchtbar klang seine Stimme nach den unsäglichen Entbehrungen und Strapazen, die hinter ihm lagen.

„Was ist das für ein schrecklicher Gesang, den du da von dir gibst?" Der Schakal sah um sich und entdeckte den Storch, der ihn vorwurfsvoll anblickte.

„Wärest du dem Tode nahe, würdest auch du solch schrecklichen Gesang anstimmen."

„Dem Tode nahe?"

„Ja, dem Tode durch Verdursten!"

„Aber du stehst vor den Toren Zerzuras, der fruchtbarsten aller Oasen!"

„Aber ich darf nicht hinein."

„Wer sagt das?"

„Der Skorpion."

Der Storch lächelte versonnen.

„Ja, Schakal, da hast du den schlechteren Teil für dich. Du musst um Erlaubnis fragen, wenn du Zerzura betreten willst. Ich jedoch, ich fliege über die Posten, die die Oase bewachen, hinweg. Ich habe jederzeit meinen erfrischenden Trunk."

„Du Glücklicher", hauchte der Schakal. Seine Kräfte gingen zu Ende.

Der Storch, der weiseste unter den Bewohnern der Erde, sah den Schakal nachdenklich an.

„Komm, mein Freund, steig auf meinen Rücken. Ich werde dich nach Zerzura tragen."

Mit letzter Kraft kletterte der Schakal auf den Rücken des Storches und klammerte sich fest.

„Auf nach Zerzura!", rief der Storch.

„Auf nach Zerzura", wiederholte der Schakal mit brechender Stimme.

Der Storch erhob sich in die Lüfte. Ein letztes Mal richtete der Schakal den Blick empor und sah den Sternenhimmel. Immer höher und höher stieg der Storch und trug den Schakal jenen Sternen entgegen. Immer höher und höher bis in den Himmel hinein.

Ein Teufel

Es war im Mai des Jahres 1956 nach dem ersten richtig warmen Wochenende, als die Witwe Hartung aus Gremmelsbach auf der Wache erschien und erklärte, jemand habe ihrer Tochter Gewalt angetan. Im Februar während der letzten Fasnet sei es geschehen, und jetzt sei das Kind schwanger. Auf meine Frage, wer das denn getan habe, zuckte sie die Schultern und meinte, das wisse ihre Tochter nicht.

Ich kannte die Hartung vom Hörensagen. Ihr Mann, ihr erster Mann, war wegen seiner kommunistischen Umtriebe weit über Gremmelsbach hinaus bekannt gewesen und schließlich von der Gestapo geholt worden. Er kam nicht wieder zurück.

Vielleicht war die Hartung darüber sogar erleichtert, denn die politischen Ansichten ihres Mannes wollten so gar nicht zu ihrem unbeirrbaren katholischen Glauben passen. Nach einigen Jahren hatte sie ein zweites Mal geheiratet, einen Witwer, dessen Frau im Juni 1943 beim großen Luftangriff der Briten auf Friedrichshafen ums Leben gekommen war. Die Ehe hatte nicht lange Bestand, denn der zweite Ehemann fiel an der Ostfront und die Witwe Hartung blieb mit zwei Kindern zurück: ihren Sohn aus der ersten Ehe und der drei Jahre jüngeren Stieftochter.

Vielleicht wären andere Menschen anders mit der Angelegenheit umgegangen, aber für die Hartung war der Gedanke, ihre Stieftochter zu einer Engelmacherin zu schicken, ein Graus. Die Anzeige der Vergewaltigung war ihr als gangbarer Ausweg erscheinen. So hoffte sie, könnte das Kind vor dem Getuschel der Dorfbewohner und ihren verächtlichen Blicken bewahrt werden. Auf meine Frage, warum sie das Mädchen nicht mitgebracht habe, meinte sie trotzig, sie habe mir alles erzählt, das Kind wisse auch nicht mehr.

Ich nahm mir vor, in den nächsten Tagen einmal nach Gremmelsbach zu fahren und selbst mit der Tochter zu reden. Eile schien nicht geboten zu sein. Die vermeintliche Tat lag immerhin schon ein Vierteljahr zurück.

Grete, so hieß die Stieftochter, war ein sonderbares Wesen. 17 Jahre alt war sie und ein ganz ansehnliches Mädchen. Sie hatte mittelblondes Haar mit einem leichten Stich ins Rötliche, dazu braune Augen, die oft unnatürlich weit offen standen und dann ins Leere starrten. Ich hatte den Eindruck, sie wäre mitunter mit ihren Gedanken woanders, in einer anderen Welt, ganz weit weg.

Es kostete mich einige Mühe, der Hartung beizubringen, dass ich mit dem Mädchen allein sprechen wollte. Als Grete und ich endlich ungestört waren, erzählte sie mir ihre Geschichte, stockend und bruchstückhaft, ich musste immer wieder nachfragen. Das Reden war nicht Gretes Stärke.

Sie hatte in jenem Februar ihrer Stiefmutter die Erlaubnis abgerungen, am ersten Tag des närrischen Treibens in Triberg, dem *Schmutzige Dunschdig,* dabei sein zu dürfen. Georg Fröhlich, der Bruder der Hartung, wohnte mit seiner Frau und zwei Kindern, beides Mädchen, hier in der Hauptstraße. Die sollten das Mädchen unter ihre Fittiche nehmen, und bei ihnen sollte Grete auch übernachten. Dort bei den Fröhlichs hatte auch der Sohn der Hartung, seit er als Auszubildender bei Grieshaber im Stahlwerk untergekommen war, eine Kammer bezogen.

Die Fasnet fiel 1956 in die Mitte des Februars, und dieser Februar sollte als der kälteste Monat seit Menschengedenken in die Geschichte eingehen. Die Temperaturen blieben fast den ganzen Monat selbst tagsüber meist unter minus zehn Grad, aber auch Kälte und Schnee hielten die Menschen nicht vom Feiern ab. Ein Jahrzehnt nach Kriegsende ließen sie sich nicht mehr das Recht nehmen, ausgelassen feiern zu dürfen.

Das galt auch für Georg Fröhlich. Anders als seine Schwester war er kein Freund von Traurigkeit. Er und seine Frau stürzten sich also in den Fasnettrubel und überließen die jungen Leute sich selbst. Grete, ihr Stiefbruder und die beiden Töchter der Fröhlichs zogen auf eigene Faust los.

Von dem, was an diesem Nachmittag und Abend geschah, erzählte Grete nur in vagen Bildern, als hätte sie selbst alles nur wie durch einen Schleier gesehen. Die vier jungen Leute waren gemeinsam durch den Ort gezogen, waren hier und da auch in eine Wirtschaft gegangen, um sich vor der eisigen Kälte in Sicherheit zu bringen. Wie alle anderen hatten sie auch dem Alkohol zugesprochen. Manchmal hatten sie sich aus den Augen verloren, hatten sich anderen angeschlossen und waren sich dann irgendwo wieder begegnet.

Irgendwann habe sie sich allein in einer stillen Seitenstraße befunden und sei dort einem Hästräger begegnet. Ein Triberger Teufel sei er gewesen. Und der habe ihr Gewalt angetan. Ich war verblüfft, weil Grete mir das mit dürren Worten und ohne jede Gefühlsregung erzählte. Die großen braunen Augen waren an mir vorbei in die Ferne gerichtet. Sah sie wieder jenen Teufel vor sich?

Ich fragte sie, wo genau es passiert sei. Sie sah wortlos mit ihren großen braunen Augen in meine Richtung, aber ob sie mich tatsächlich sah? Ich fragte sie, ob sie meine Frage verstanden hätte, und sie bejahte mit einem scheuen Lächeln. Aber auf die eigentliche Frage, die nach dem Ort des Geschehens, konnte sie mir keine vernünftige Antwort geben. Er habe sie in irgendeine dunkle Ecke gezerrt, und dort sei es geschehen. Was sie danach getan hatte, daran konnte sie sich nicht mehr so genau erinnern. Sie sei wohl eine Weile durch den Ort geirrt, und irgendwann habe sie das Haus, in dem die Fröhlichs wohnen, erreicht. Dort habe sie nur Ilse, die jüngere der beiden Schwestern, angetroffen. Aber sie sei gleich zu Bett gegangen. Nein, sie habe Ilse nichts von dem Teufel erzählt und auch später niemandem. Auf meine Frage nach dem Warum sah sie mich wieder nur wortlos mit ihren großen Augen an.

Ich wusste nicht, was ich von der Sache halten sollte. Hätte mir die Hartung nicht versichert, dass Grete ganz ohne Zweifel schwanger sei, ich hätte die Geschichte von der Begegnung mit dem Teufel für ein Hirngespinst des sonderbaren Mädchens gehalten. Ich erinnerte mich, dass auf jenen Donnerstag eine sogar für diesen kalten Monat besonders eisige Nacht gefolgt war. Über 20 Grad unter null. Und da sollte jemand unter freiem Himmel …?

Aber natürlich blieb mir nichts anderes übrig, als der Sache nachzugehen. Zuerst einmal wollte ich herausfinden, wer denn überhaupt eine Teufelslarve mit dazugehörigem Kostüm hatte. Ich wandte mich an den Triberger Zunftmeister.

Er erklärte mir, dass der Teufel erst seit wenigen Jahren keine Einzelfigur mehr sei und es inzwischen noch nicht allzu viele geworden seien. Jedes Jahr habe der Villinger Holzschnitzer Merz seit 1952 zwei neue Schemen geschnitzt und gefasst. Zusammen mit dem uralten Original aus dem vorigen Jahrhundert seien es also jetzt elf Teufel. Er konnte mir auch sagen, wer diese Teufel sind, aber, so meinte er, am Abend des *Schmutzige Dunschdig* habe sicher niemand seine Häs getragen. Das geschehe doch nur bei Umzügen. Unter den Namen, die ich notierte, war auch der von Gretes Stiefbruder.

Ich telefonierte mit Merz. Ob er tatsächlich nur zehn Teufelslarven für die Triberger gefertigt habe oder ob noch weitere existieren würden. Nein, die Zahl stimme. Er habe zehn solcher Masken geschnitzt. Allerdings habe er entgegen seiner sonstigen Gewohnheit nicht alle selbst fassen können. Die zehnte habe er noch kurz vor der letzten Fasnet geschnitzt, aber dann habe ihn die Grippe gepackt. Auf Drängen der Triberger Zunft habe er den Rohling einem Triberger Fassmaler, dem Buntmann, überlassen. Ob der rechtzeitig zur Fasnet mit der Bemalung der Teufelslarve fertig geworden sei, wisse er nicht.

Also machte ich mich auf den Weg zu Theo Buntmann, denn er wohnte nicht weit von unserer Wache an der Straße Richtung Schonach. Er war ein alter Sonderling, ein Hagestolz, dem die Kriegerwitwe Lustenau den Haushalt führte. Die beiden wohnten in ein und demselben Haus. Er hatte unten seine Werkstatt und seine Wohnung und sie darüber die ihre. Sie war so großzügig bemessen, dass die Lustenau ihr bescheidenes Einkommen gerne ein wenig aufbesserte, indem sie eines ihrer Zimmer vermietete, an durchreisende Handelsvertreter oder wer auch sonst immer an ihre Tür klopfte und das nötige Kleingeld hatte.

Buntmann bestätigte, dass er eine der Teufelslarven gefasst hatte. Weil der Merz die Grippe gehabt hätte. Es sei ihm gar nicht leicht gefallen, die Maske so zu bemalen, dass sie von denen Merzens nicht zu unterscheiden war. Für den Umzug sei sie rechtzeitig fertig geworden, aber er habe sie erst am Tag nach dem *Schmutzige Dunschdig* dem Franz Pfaff geben können. Ihn konnte ich also von meiner Liste streichen. Blieben noch zehn Männer übrig, ehrbare Bürger aus Triberg und den umliegenden Dörfern.

Nach und nach arbeitete ich die Liste ab. Was ich erfuhr, brachte mich nicht voran. Nur bei dem, was mir der alte Georg Mager, der Friedhofsgärtner, eigentlich nur so nebenbei erzählte, wurde ich ein wenig hellhörig. An Donnerstag Abend, so berichtet er, sei er im Gasthof Schwanen gewesen. Daran könne er sich noch sehr gut erinnern, weil dort der Theo Benz, der Hartung ihr Sohn, mit dem Fremden aneinandergeraten sei. Kleine Rangeleien kämen in Wirtshäusern ja immer wieder mal vor, gerade auch zu vorgerückter Stunde, und wenn der Alkohol reichlich fließt. Aber hier ging es richtig zur Sache. Man hatte große Mühe gehabt, die beiden Streithähne zu trennen. Worum es bei der Schlägerei gegangen sei? Das habe er nicht mitbekommen. Sicher um irgendein Mädchen, wie immer, wenn die jungen Burschen die Fäuste schwingen. Wenn ich Genaueres wissen wolle, müsste ich mich bei den jungen Leuten erkundigen, mit denen die beiden vorher an der Musikbox herumgelungert hätten. Den Fremden? Nein, den habe er zuvor nie gesehen. Der sei dann auch nicht mehr lange im Schwanen geblieben. Er nannte mir noch die Namen von einigen aus der Clique der jungen Leute.

Ich versuchte mein Glück bei Hanns Staiger, der nicht weit von hier im Rathaus eine Lehre machte. Ja, an den Streit konnte er sich gut erinnern. Der Fremde habe sich an die Grete rangemacht, und das habe dem Theo gar nicht gefallen. Hanns hatte spitzbübisch gelächelt. Und er habe sich damit nicht als Beschützer seiner Schwester aufspielen wollen. Sie sei ja nur seine Stiefschwester, und der Theo sei selber scharf auf sie. Das könne doch jeder sehen, der Augen im Kopf habe. Aber sie lasse ihn gnadenlos abblitzen. Um so wütender werde er, wenn jemand anderes ihr zu nahe kommt.

Er bestätigte, dass der Fremde kurz nach der Auseinandersetzung den Schwanen verlassen hätte. Nicht lange danach verschwand Grete in Richtung des Örtchens, aber sie kam nicht wieder. Sie musste den Schwanen über die Tür zum Hof verlassen haben.

Ich fragte Hanns, ob er sonst noch etwas Besonderes beobachtet hätte. Erst schüttelte er den Kopf, aber dann fiel ihm doch noch etwas ein. Nicht am Donnerstag sei das gewesen, sondern am nächsten Abend. Da hätten sie sich wieder im Schwanen getroffen, die ganze Clique. Die Grete sei nicht da gewesen. Und der Fremde auch nicht. Aber die Lustenau. Die habe den Theo Benz irgendwann beiseitegenommen und mit ihm geredet. Worüber? Keine Ahnung. Aber der Theo sei hinterher wie vom Teufel besessen rausgestürmt und erst viel, viel später wieder zurückgekommen. Die Lustenau sei eine alte Schlange. Sie würde ständig Zank und Streit säen. Dann, als ich bereits im Gehen begriffen war, fiel Hanns noch etwas ein, nämlich, dass der Fremde bei der Lustenau gewohnt habe, und vielleicht hätten sie sich ja über den unterhalten.

Also ging ich wieder zum Haus des Buntmann zurück. Wegen des wunderschönen, schon fast sommerlichen Wetters genoss ich den Spaziergang die Hauptstraße wieder hinauf bis zum Fuß des Wasserfalls und dann nach rechts Richtung Schonach. Der Buntmann saß im Garten und rauchte sein Pfeifchen. Ich fragte ihn, ob die Lustenau zu

Hause sei. Er sah mich erst etwas überrascht an, aber dann nickte er, und ich ging ins Haus zur Wohnung im ersten Stock hinauf.

Die Witwe Lustenau war Mitte dreißig und ein attraktives Weibsbild. Wenn sie hätte wieder heiraten wollen, wäre sie schon längst unter der Haube gewesen, aber sie hatte Gefallen an ihrer Freiheit gefunden, und der Hanns Staiger hatte schon recht. Ständig gab es ihretwegen ungute Stimmung im Ort. Mal geriet jemand in Schwierigkeiten, weil er sich mit ihr einließ, mal gab es böses Blut, weil sie jemanden, dem sie den Kopf verdreht hatte, auflaufen ließ. Und immer schaffte sie es, ihren Spaß zu haben und ungeschoren davon zu kommen.

Die Lustenau war gerade dabei, Wäsche zusammen zu legen. Sie ließ sich durch mich nicht bei ihrer Arbeit stören. Ich fragte sie nach dem Fremden, aber bekam nur nichtssagende Antworten. Am Tag vor dem *Schmutzige Dunschdig* sei er angekommen. Der Maier, der nicht weit vom Bahnhof wohnte, hatte ihm erzählt, dass er bei ihr ein Zimmer haben könne, also war er zu ihr gekommen. Er hatte bis zum Aschermittwoch bleiben wollen und im Voraus bezahlt. Aber er blieb nicht so lange. Er sei überstürzt abgereist. Er habe nicht einmal das zu viel bezahlte Geld zurückgefordert. Gleich am Tag nach dem *Schmutzige Dunschdig* sei er weg. Den Grund seiner hastigen Abreise? Nein, den habe er nicht genannt.

Ich fragte die Lustenau schließlich, worüber sie sich am Freitag im Schwanen mit dem Theo Benz unterhalten habe. Erst tat sie, als könne sie sich nicht daran erinnern, aber dann gab sie zu, dass sie ihn ein wenig gestichelt habe, weil der Fremde der Grete den Hof gemacht habe. Warum der Benz denn daraufhin erregt rausgelaufen sei, hakte ich nach, aber sie zuckte nur mit den Schultern. Woher solle sie das wissen?

Als ich ging, war mir klar, dass sie mir nicht die ganze Wahrheit erzählt hatte. Draußen saß der alte Buntmann immer noch auf seiner Bank. Ja, er könne sich an den Fremden erinnern. Zwei Nächte sei er bei der Lustenau geblieben. Er sei eigentlich nur zum Schlafen ins Haus gekommen. Nur am Abend des *Schmutzige Dunschdig*, da habe er ihn längere Zeit in seinem Zimmer rumoren gehört und später dann auch die Stimme des Fremden und die der Lustenau. Es sei kein richtiger Streit gewesen, aber schon ein heftiger Wortwechsel. Worum es gegangen sei, habe er aber nicht verstehen können.

Ich machte kehrt und sprach die Lustenau auf dieses Gesprächs an, aber als sie mit ihrer Antwort einen Moment zögerte, wusste ich, dass sie mir wieder eine Lüge auftischen würde. Sie wäre früher als geplant nach Hause gekommen. Sie hätte sich nicht wohlgefühlt. Möglicherweise hätte sie etwas Falsches gegessen. Sie hätte sich gewundert, den Fremden vorzufinden. Schließlich sei doch *Schmutzige Dunschdig* gewesen, das sollte ein junger Mann doch gehörig ausnutzen. Das hätte sie ihm gesagt. Er hätte über die Kälte geklagt, aber dann wäre er doch wieder aus dem Haus gegangen. Mir blieb nichts anderes übrig, als mich mit dieser Antwort zufriedenzugeben.

Mein nächster Besuch galt Ilse Fröhlich. Ich ließ mir von ihr erzählen, wie Grete auf sie gewirkt habe, als sie in der Nacht des *Schmutzige Dunschdig*, also nach der Vergewaltigung, nach Hause gekommen sei. Habe sie etwas erzählt? Habe sie verstört gewirkt? – Sie sei wie immer recht schweigsam gewesen und nein, überhaupt nicht verstört. Sie habe eher einen heiteren Eindruck gemacht, soweit die Grete zu so etwas überhaupt fähig sei. Aber sie habe sich schon sehr schnell ins Bett verkrochen.

Zu guter Letzt ging ich auch noch zum Theo Benz, aber das brachte mich keinen Schritt weiter. Worüber er am *Schmutzige Dunschdig* derart mit dem Fremden aneinandergeraten sei, dass der Streit am Ende sogar in einer Rauferei geendet habe? Man habe halt zu viel getrunken, dann habe ein Wort das andere gegeben, so gehe es halt manchmal zu. Ob sie über die Grete gesprochen hätten. Nein. Auf das Gespräch mit der Lustenau am darauf folgenden Abend angesprochen, tat er erst so, als könne er sich an nichts erinnern, bevor er zugab, dass sie über seine Stiefschwester geredet hätten. Und über den Fremden? Nein, über den nicht. Die Lustenau habe ihn nur ein wenig damit aufgezogen, dass die Grete ihm die kalte Schulter zeigen würde. Aber er habe sich darüber sehr geärgert und sei gegangen, um anderswo weiter zu feiern. Wo, könne er sich nicht erinnern.

Damit ist alles erzählt, was es zum Fall der Grete Hartung zu erzählen gibt. Mir erschien die ganze Geschichte mehr als unglaubwürdig. Ich versuchte, mir das Geschehen vorzustellen. Die bittere Kälte jener Nacht. Das Mädchen, das bei über 20 Minusgraden durch einsame Gassen spazierte. Den Täter mit der Teufelsmaske und dem hinderlichen, roten Kostüm. Und die Tat. Das alles ergab keinen Sinn.

Einige Wochen später, es war Mitte Juni, wurde nicht weit von dem Haus des alten Buntmann in einem Gebüsch eine Leiche gefunden. Die Untersuchung ergab, dass sie dort schon mehrere Monate gelegen haben musste. Der Tote, ein junger Mann, wies Blutergüsse und andere Verletzungen auf, auch am Kopf, aber die waren nicht die Todesursache. Nein, er war erfroren. Vielleicht hatte er zu viel getrunken und war in einer der furchtbar kalten Nächte im Februar dort eingeschlafen. Niemand wusste, wer er war, woher er gekommen war und wie er dort hingelangt war. Am Ende kam die Stadt für sein Begräbnis auf.[1]

---

[1] *Diese Geschichte ist als Krimi zum selber lösen gedacht. Wer dennoch eine Auflösung vorgeschlagen haben möchte, findet eine am Ende dieses Buches.*

Die Fremde in ihrem Körper

Schwungvoll schrieb ich das Datum auf die neue Seite des Tagebuchs, aber dann zögerte ich. Gut, also ich hatte Sigrid wiedergetroffen. Wie lange hatte ich sie nicht gesehen? Zehn Jahre? Nein, es mussten schon um die fünfzehn sein. Das war ein Ereignis, dass selbstverständlich im Tagebuch festgehalten werden musste. Schließlich war ich damals in der Schule total in sie verschossen gewesen.

Ich überlegte, was ich schreiben, welche geheimen Gedanken ich meinem Tagebuch anvertrauen sollte.

Zuerst einmal rekapitulierte ich die Fakten.

Ich hatte sie im Strom der Passanten in Kiels Einkaufsmeile erblickt. Für einen Moment setzte mein Herz aus. Natürlich nur sprichwörtlich.

Ich weiß nicht, was ich getan hätte, hätte sie mich nicht auch bemerkt. Vielleicht wäre ich so perplex gewesen, dass ich einfach weitergegangen wäre. Aber es kam zum Blickkontakt, und wir gingen aufeinander zu, wie es sich gehört mit dem freudigen Gesichtsausdruck von Menschen, die sich nach vielen Jahren ganz überraschend wiedersehen. Wir wechselten die in so einer Situation angebrachten Floskeln.

„Lass uns auf einen Kaffee zu *Fiedler* gehen", meinte Sigrid schließlich.

Die Idee drängte sich auf, denn wir standen genau vor dem besagten Café.

In die plüschig-bürgerliche Umgebung mit all den alten, herausgeputzten Damen, die in kleinen Häppchen ihre Sahnestückchen mit abgespreiztem kleinen Finger genießerisch zum Munde führten und dann und wann an ihrem Kaffee nippten, passte Sigrid so gar nicht hinein. Oder war es nur das Bild von ihr in meinem Kopf, das von jener Sigrid, mit der ich zur Schule gegangen war, das da nicht hineinpasste?

Als die Bedienung kam, erkundigte Sigrid sich nach dem Kuchenangebot, aber sie tat es wenigstens mit der freundlichen Herablassung, die ich seinerzeit an ihr so bewundert hatte.

Ich verzichtete auf Kuchen und bestellte mir lieber einen Weinbrand. Ich hatte das Gefühl, den jetzt nötig zu haben. Ein Schnaps hätte es auch getan, aber ich war mir nicht sicher, ob es so was in einem Café gab.

Während unsere Unterhaltung vor sich hin plätscherte, musterte ich Sigrid. Sie hatte sich so gut wie gar nicht verändert. War das Gesicht ein klein wenig schmaler geworden? Vielleicht. Aber sie trug immer noch dieselbe Frisur, relativ kurzes, seitlich gescheiteltes Haar, und für Falten und graue Haare war sie mit Anfang dreißig natürlich noch zu jung. Sie war immer noch das Mädchen, das ich in meinen einsamen Nächten in meine Arme geschlossen und geküsst hatte. Und dabei war es nicht geblieben! Es elektrisierte mich förmlich, sie jetzt vor mir zu sehen und all das wieder aufwallen zu fühlen.

Sie kleidete sich ein wenig anders als früher. Während der Schulzeit versuchten wir ja alle noch, so auszusehen, als kämen wir geradewegs aus Woodstock. Ich erinnere mich, nachdem ich im Kino *Easy Rider* gesehen hatte, habe ich meine Eltern so lange genervt, bis sie das nötige Kleingeld lockergemacht haben für eine Sonnenbrille à la Peter Fonda.

Heute war Sigrids Erscheinung eher unaufdringlich. Sie kaute auch kein Kaugummi. Das war damals eine Marotte von ihr gewesen. Das machte sie sogar im Unterricht, was aber in jenen Jahren bei den Lehrern nicht gut ankam. Der alte Rudnick hat sie deshalb einmal sogar vor die Tür geschickt. Da hat sie dann ein paar Tage lang vor der Mathestunde das Gummi aus dem Mund genommen. Aber wirklich nur ein paar Tage lang.

Als wir genug nichtssagende Gemeinplätze ausgetauscht hatten, trat eine kurze Pause ein. Dann überkam es mich, und aus einer Laune heraus sagte ich:

„Weißt du, dass ich damals total in dich verknallt war?"

Warum ich das gesagt habe? Vor allem, weil es wirklich so gewesen ist. Ich habe sie jahrelang angehimmelt, aber nie den Mut gehabt, mit ihr über meine Gefühle für sie zu reden. Wir blieben einfach gute Freunde, gingen zusammen mal ins Kino oder mit der Clique in die Kneipe oder an den Strand. Hin und wieder trafen wir uns bei ihr oder bei mir, tranken Tee und hörten Musik. Ich erinnere mich, einmal, es war an einem Adventssonntag bei ihr, gab es Lebkuchenherzen zum Tee. Die, so erzählte sie grinsend, wären von Karstadt. Da wäre aber eine so lange Schlange an der Kasse gewesen, dass sie die Lebkuchen einfach so eingesteckt hätte. So war Sigrid damals. Aber gelaufen ist zwischen uns nie was.

Jetzt sah sie mich mit großen Augen an, halb mitleidig, halb ratlos. „Du warst in mich verschossen, Edgar?" Sie lächelte etwas verlegen. „Das ist mir nie aufgefallen."

Ich bin wohl wie ein Primaner rot geworden, als ich mein Geständnis ablegte, aber gleichzeitig arbeitete mein Verstand unerbittlich, und ich misstraute ihren Worten. Hatte sie wirklich nichts mitbekommen? War das möglich?

„Du willst mich auf den Arm nehmen, nicht wahr?", sagte Sigrid und lächelte etwas unsicher. Dann wurde ihr bewusst, dass dies, wenn ich die Wahrheit redete, keine sehr einfühlsame Reaktion war, und ich glaubte förmlich sehen zu können, wie sie in ihrem Kopf nach einer angemessenen Vorgehensweise für eine Situation wie diese kramte.

„Entschuldige, Edgar. Ich wollte nicht den Eindruck erwecken, ich würde deine Gefühle nicht ernst nehmen, aber was du gesagt hast, hat mich total überrascht und, ja, sogar ein wenig betroffen gemacht. Warst du so richtig in mich verliebt oder …"

„Verliebt bis zum Wahnsinn war ich."

„Und wann war das?"

„Wann?", wiederholte ich mit einem bitteren Lachen. „Die ganze Zeit über. Ich weiß nicht mehr, wie viele Jahre wir in derselben Klasse waren. Gefühlt, würde ich sagen, eine Ewigkeit."

„All die Jahre hast du das für mich empfunden? Das muss schlimm für dich gewesen sein, oder? Ich meine, wenn man für einen anderen Menschen etwas empfindet, so ein richtig ernstes, tiefes Gefühl und ... das tut sicher sehr weh."

War sie etwa früher auch schon so gewesen?, fragte ich mich. Wie Wasser, das einem zwischen den Händen zerrinnt?

„Vor allem frage ich mich jetzt natürlich auch, ob ich mich damals dir gegenüber richtig verhalten habe", fuhr sie jetzt mit festerer Stimme fort. „Aber ich habe ja nichts geahnt. Trotzdem ..."

Ich habe mich hinterher geärgert, sie getroffen zu haben. Sie war nur für ein paar Tage nach Kiel gekommen, sie wohnte jetzt irgendwo in Süddeutschland. Ich hatte also lausiges Pech gehabt, aber zumindest war die Gefahr, ihr noch einmal über den Weg zu laufen, nicht allzu groß.

Es war, sagte ich mir später, als wenn eine andere in ihre Haut geschlüpft wäre, und ich fragte mich, in welche ich damals so verschossen gewesen war, die heute vor mir gesessen hatte oder die, die nicht mehr da war.

Weil ich zu keinem Schluss kam, schrieb ich am Ende einfach: *Traf heute Sigrid in der Stadt. Zum ersten Mal seit der Schule. Wir gingen auf einen Kaffee zu Fiedler. Sie hat sich sehr verändert. Verstehe gar nicht, wieso ich damals in sie verknallt war.* Dann kappte ich das Tagebuch zu.

Die glückliche Straße von einst

Gleichmütig ertrug sie heute die vielen Menschen, die sich um den Brunnen drängten, unbeschwert lachten und Münzen hineinwarfen, während Margherita auf der steinernen Bank nahe des Brunnens saß und sie beobachtete. Da waren junge Leute und ältere, kleine Grüppchen und Paare, Eltern mit Kindern. Vielen sah man auf den ersten Blick an, dass sie von weit her kamen.

Sie sah ein Pärchen, beide wohl in ihrem Alter, die unbekümmert den Augenblick auskosteten, und sie fragte sich, wie es wohl wäre, wenn Esmond jetzt hier bei ihr wäre. Einen Moment lang ließ sie das Gefühl des Alleinseins und der Trauer zu. Es fühlte sich an wie ein Kloß im Hals. Dann befreite sie sich davon, indem sie Zorn aufsteigen ließ.

Der Brunnen mit seinen mitten in der Bewegung erstarrten Meereswesen lag im prallen Licht der frühsommerlichen Mittagssonne. Wasser floss nicht nur in Kaskaden im Zentrum herab, sonders brach auch an anderen Stellen hervor, und indem es die Oberfläche des Beckens in ständiger Bewegung hielt, ließ es das Wasser im Sonnenlicht schimmern und glitzern, als bestünde es aus geschmolzenen Edelsteinen.

Margherita stand auf. Sie hatte sich an dem pulsierenden Leben rund um den Brunnen sattgesehen. Sie erinnerte sich, wenige Jahre nach dem Krieg mit ihren Eltern in Rom gewesen zu sein. Für ihren Vater war es nach 20 Jahren eine Rückkehr in seine Geburtsstadt, für sie und ihre Mutter der erste Besuch Roms. Einmal war ihr Vater mit ihr zum Campo Verano, Roms großem Friedhof, gefahren. Er wollte endlich das Grab seiner Eltern sehen. Heute, sagte sie sich, fühle auch ich dieses Verlangen.

Sie fragte einen Gemeindepolizisten, wo der nächste Taxistand sei, und ärgerte sich, dass der *Vi-*

gile Urbano langsam und deutlich mit ihr sprach. Sie war stolz darauf, die Muttersprache ihres Vaters zu beherrschen, aber wegen ihres Akzents hatte er in ihr sofort die Ausländerin erkannt. Das tat auch der Fahrer des kleinen, gelben Taxis. Er hätte sie sonst sicher auf die Sondersendung angesprochen, die er gerade im Radio gehört hatte.

Sie saß auf der Rückbank und beobachtete den Verkehr und war froh, hier nicht selber fahren zu müssen. Sie erinnerte sich, dass der Friedhof außerhalb der aurelianischen Mauern lag, aber als der Wagen vor dem Campo Verano hielt, musste sie sich eingestehen, dass sie nicht bemerkt hatte, wann sie das antike Rom verlassen hatten.

Ihre Hoffnung, den Weg zum Grab der Großeltern zu finden, wurde schnell enttäuscht. Sie wanderte die Wege zwischen den Gräbern auf und ab, ohne einen Anhaltspunkt zu finden, wohin sie sich wenden müsste. Sie kam vorbei an pompösen Mausoleen, an mit Kreuzen und Figuren reich geschmückten Grabstellen und an Kolumbarien. Ihr gefiel die Ruhe und die friedliche Stimmung hier.

Aber nach einiger Zeit fühlte sie sich fremd und fehl am Platz. Ihr wurde bewusst, dass sie im Grunde genommen keinerlei Beziehung zu den Eltern ihres Vaters hatte. Wegen des Krieges hatte sie sie nie kennengelernt. Sie verließ den Friedhof und ließ sich in die Innenstadt zu ihrem Hotel fahren.

Weil es für das Abendessen noch zu früh war, duschte sie, und später schaltete sie den Fernseher ein. Die Nachrichtensendung schlug sie sofort in ihren Bann. Ein italienischer Politiker namens Aldo Moro war ermordet worden. Sie erinnerte sich, dass er vor fast zwei Monaten entführt worden war. Sie sah die Bilder, die wahrscheinlich schon einige Dutzend Mal im Verlauf des Nachmittags gezeigt worden waren. Da war der R4 in einer engen Gasse – der Via Caetani, wie der Sprecher erklärte – mit dem offenen Kofferraum, in dem Aldo Moro in einer absurd verkrümmten Stellung lag, so, wie sie nur bei Toten möglich ist. Davor standen etliche Fotografen und machten Aufnahmen von der Leiche. Margherita war der Anziehungskraft der Bilder hilflos ausgeliefert. Dann folgten Filmaufnahmen aus einem Helikopter gemacht. Die zeigten eine Menschenmenge, die nur mühsam von der Polizei daran gehindert werden konnte, in die Via Caetani vorzudringen. Wieder ein Schnitt und man sah Schaulustige, ausnahmslos junge Männer, denen es gelungen war, in die Nähe des R4 zu gelangen. Etliche von ihnen waren außen an vergitterten Fenstern hochgeklettert, um einen Blick auf den Toten zu erhaschen. Dann wieder der Kofferraum des R4 und der tote Aldo Moro. Jetzt stand ein Priester davor, in vollem Ornat und mit einer feierlichen Geste machte er das Kreuzzeichen über der Leiche. Da ertrug sie den Anblick nicht länger und schaltete das Gerät ab.

Sie verließ das Hotel. Inzwischen war es Abend geworden. Nicht weit von ihrem Hotel, in der Nähe des Pantheons, hatte sie vor ein paar Tagen ein kleines Restaurant entdeckt, wo es ihr gefallen hatte und wo sie sehr gut gegessen hatte. Sie war heute erst zum dritten Mal dort, aber man begrüßte sie wie einen Stammgast und behandelte sie zuvorkommend. Während sie auf ihr Essen wartete, wusste sie nicht viel mit sich anzufangen. Sie beobachtete die anderen Gäste, aber ihr fehlte jemand, mit dem sie hätte reden können. Ob Esmond heute Abend mit *ihr* ausging?

Auf dem Weg zurück ins Hotel sprach ein junger Italiener sie an. Sie hatte keinen Zweifel an seinen Absichten. Mit freundlichen, aber bestimmten Worten wies sie ihn ab, aber auch jetzt verriet ihr Akzent sie, und der junge Mann wurde zudringlich. Ihr Herz klopfte vor Aufregung, aber dann erinnerte sie sich an die italienischen Flüche und Schimpfworte, die sie von ihrem Vater gehört hatte. Nur von wenigen wusste sie, was sie eigentlich bedeuteten, aber jetzt ließ sie sie wahllos über den verdutzten jungen Italiener niederregnen und ging dann rasch weiter.

Wo die Verzückung weilt

Sie wandten dem Eiffelturm den Rücken und spazierten dann unterhalb der Straße am Ufer der Seine in Richtung der Île de la Cité. Esmond wollte seinen Arm um ihre Schulter legen, aber sie entwand sich ihm mit einer unmissverständlichen Bewegung, und so gingen sie von einander getrennt weiter.

„Paris, die Stadt der Verliebten", meinte Esmond mit sarkastischem Unterton.

„Bist du denn verliebt?"

„Möglicherweise."

Hermione lachte.

„Komm! Das weiß man doch. Wie sich das anfühlt. Oder warst du noch nie verliebt?"

„Du sprichst, als hättest *du* jedenfalls reichlich Erfahrung in dieser Hinsicht."

„Du versuchst schon wieder von dir abzulenken. Antworte! Ja oder nein?"

„Okay, ich bin verliebt. Zufrieden?"

Er sah sie an und wusste, dass sie ihm nicht glaubte. Jetzt nicht mehr. Vielleicht, wenn er sofort geantwortet hätte … Er überlegte, ob er jemals verliebt gewesen war. Er dachte an Margie.

„Hast du Margie in letzter Zeit gesehen?", fragte Hermione, als hätte sie seine Gedanken erraten.

„Nein, sie ist in Rom. Schon seit einiger Zeit."

„Allein?"

„Keine Ahnung. Ich glaube schon. Es sei denn …"

Als sie hinter der Solferinobrücke hervorkamen, tauchte am anderen Ufer die monumentale Fassade des ehemaligen d'Orsay-Bahnhofs auf.

„Sie wollen ein Museum aus dem alten Kasten machen", sagte Esmond.

„Ja?"

„Ja, wirklich. Ich habe es in der Zeitung gelesen. Was ist, wollen wir einen Kaffee trinken? Oder einen Wein?"

„Später."

„Was ist mit dir?"

„Nichts. Ich habe nur keinen Durst. Was meinst du? Ob sie mich jetzt hasst?"

„Wer?", fragte er überflüssigerweise.

Ohne auf seine Frage einzugehen, meinte sie nachdenklich: „Nein. Wir kennen uns ja kaum. Ich bin für sie nur irgendeine dumme, kleine Ehebrecherin. Wenn, dann bist du es, den sie hasst. Weiß sie, dass wir in Paris sind?"

„Nein, woher?"

„Ich hätte dir zugetraut, dass du es ihr sagst."

Esmond erwiderte nichts darauf.

Sie gingen schweigend weiter, bis sie die Île de la Cité mit dem schlanken, alles überragenden Vierungsturm von Notre-Dame sehen konnten.

„Weißt du, wie sehr ich dich begehre?"

Sie blieb stehen und musterte ihn mit krauser Stirn.

„Warum sagst du das?"

„Schmeichelt es dir nicht?"

„Von einem Mann begehrt zu werden, der mehr als doppelt so alt ist wie ich?"

Sie lachte. Es war ein offenes Lachen ohne jede Bosheit.

Esmond beobachtete das weiße Boot voller Touristen, das auf der Seine an ihnen vorbei in Richtung der Île de la Cité fuhr.

Sie gingen bis zur Pont des Arts, wo sie zur Straße hinauf stiegen und sich dann auf der anderen Straßenseite an einen Tisch vor einem Café setzten. Esmond bestellte für sich einen Pastis und für Hermione einen Espresso. Der Verkehrslärm machte eine Unterhaltung fast unmöglich. Esmond beugte sich zu ihr hinüber und sagte, er würde ein nettes Restaurant nicht weit vom Place de la Madeleine kennen, aber Hermione meinte, sie würde lieber im Hotel essen. Also gingen sie ins Restaurant des Regina. Hermione nahm als Vorspeise Gänseleber und als Hauptgericht Kalbsfilet. Dazu sollte Esmond eine Flasche Bollinger bestellen.

„Champagner auch zum Kalbsfilet?", fragte Esmond mit spöttischer Miene.

„Ja. Du darfst dich gerne weiter hinter irgendwelchen Konventionen verstecken. Ich trinke, was mir schmeckt."

Sie trank nur ein Glas von dem Champagner und rührte das Kalbsfilet kaum an.

Sie verzichteten auf ein Dessert und den Kaffee. Stattdessen ließ Esmond eine Flasche Whisky auf das Zimmer bringen.

Von dort aus konnte er über die Rue de Rivoli hinweg zum Tuileriengarten schauen, der um diese Tageszeit nur noch ein großer, düsterer Fleck war.

Esmond schenkte sich großzügig Whisky ein.

„Ich gehe zuerst ins Bad. Okay?"

Esmond nickte und gab einen Schuss Mineralwasser in den Whisky. Er setzte sich auf das Sofa und lehrte Schluck um Schluck sein Glas und füllte es wieder.

Schließlich kam Hermione zurück und sagte: „Das Bad ist jetzt frei." Dann entkleidete sie sich mit der Unbefangenheit eines Menschen, der sich allein und unbeobachtet fühlt.

Esmond rührte sich nicht. Er starrte schweigend die junge Frau an. Schließlich stellte er sein Glas mit lautem Klirren ab und stand auf.

Während er auf sie zukam, drehte sie sich zu ihm um, sah ihn an und sagte: „Mir ist es lieber, wenn du heute Nacht auf dem Sofa schläfst."

„Bist du verrückt geworden?"

„Nein, ich möchte es so, und ich erwarte, dass du das respektierst. Du hättest ein Zimmer mit zwei Einzelbetten nehmen sollen."

Esmond stand vor der nackten Frau und atmete hörbar.

Endlos lange Sekunden passierte nichts und keiner von beiden sagte etwas. Hermione lächelte unbefangen. Sie sah, dass Esmond Mühe hatte, sich zu beherrschen, und es schien, als würde sie überlegen, ob er sie wohl schlagen würde. Aber Esmond schloss für einen Moment die Augen, atmete noch einmal tief durch und ging ins Bad.

Eine irische Winterreise

Wir, der Eduard und ich, saßen mit unseren irischen Freunden im Wohnzimmer und bewunderten den Weihnachtsbaum. Es war ein bisschen so, als wären wir nach Hause gekommen. In ein vertraut-fremdes Zuhause, das ganz und gar undeutsch war, in das wir uns nach etlichen Besuchen hinein gelebt hatten. Manchmal fielen wir immer noch in unser Deutschsein zurück, aber es gab auch Augenblicke, wo es uns gelang, Urlaub von uns selbst zu machen. Und manchmal staunten wir einfach nur, dass es heute, im letzten Jahrzehnt dieses Jahrhunderts immer noch Länder in Europa gibt, die so ganz und gar anders sind als alle anderen.

Wir bewunderten also gebührend den Weihnachtsbaum und tranken irisches Bier aus Dosen. Das Bier war gut, Macardles Ale, hier in Dundalk gebraut und anderswo praktisch unbekannt. Der Weihnachtsbaum war für unseren Geschmack allerdings ein bisschen sehr bunt. Man sah eigentlich nur Weihnachtsbaumschmuck. Keine Ahnung, ob darunter ein echter Baum war oder ein künstlicher. Oder gar nichts. Wie beim Schottenrock.

Die erste Dose Bier hatten wir schnell geleert und dann ins offene Kaminfeuer geworfen. Weil Brendon das auch so machte. Ich habe leere Bierdosen noch nie so entsorgt. Aber ich habe zu Hause auch keinen offenen Kamin. Dann führte Brendon uns in eine Art Hobbyraum, wo er neuerdings selber Wein keltert. Wenn ich das richtig verstanden habe, hatte er eine Art Pulver aus getrockneten Weintrauben und noch irgendwas anderem erstanden, das er mit Wasser angerührt und dann in einen großen Glasballon gefüllt hat. Jetzt wartete er darauf, dass daraus Wein wird.

Nachdem wir die Versuchsanordnung gebührend bewundert hatten, erklärte Brendon uns, dass es noch einige Wochen dauern würde, bis der Wein fertig ist. Wir hörten es mit einer gewissen Erleichterung. Bis dahin würden wir nicht nur über die Wicklow Mountains, sondern auch über alle anderen Berge sein.

Dundalk liegt übrigens an der Straße zwischen Dublin und Belfast, nur wenige Kilometer von der Grenze zu Nordirland entfernt. Die Landschaft sieht in dieser Jahreszeit ein bisschen grau in grau aus. Nicht das kräftiges Grün, wie wir es sonst gesehen haben. Es ist schließlich Winter. Aber Gott sei Dank gibt es in Irland keinen Winter so wie bei uns. Schnee kennen die hier überhaupt nicht.

Morgen mehr. Jetzt leg ich mich erst Mal aufs Ohr.

Nach dem Frühstück hat Brendon uns zu einer Stelle gefahren, wo die Autos von ganz allein den Berg hoch rollen. Ja, wirklich. Es war irgendwo draußen in der Pampa. Er tat furchtbar geheimnisvoll. Er hielt den Wagen in einer Senke zwischen zwei kleinen Hügeln an. Machte den Motor aus. Dann löste er die Bremse. Und tatsächlich, der Wagen rollte rückwärts den Hügel hinauf. Er ist dann noch einmal zum tiefsten Punkt der Senke zurückgefahren und der Wagen rollte auch diesmal wieder den Hügel hoch. Ich glaube, das Ganze ist nur eine optische Täuschung, aber die Iren sind mächtig stolz darauf, dass in ihrem Land nicht einmal die Gesetze der Physik gelten. Wenn die Wissenschaftler immer das letzte Wort hätten, wäre ja auch die Sache mit den Leprechauns gar nicht möglich. Die Leprechauns, das sind die kleinen, grünen Männchen, die immer dummes Zeug machen und die nicht vom Mars stammen, sondern schon immer in Irland lebten. Deshalb sind sie ja auch grün, weil die Insel so grün ist. Ich habe keine Ahnung, warum die vom Mars auch grün sind.

Heute waren wir in der Disco. Mit Paddy, dem ältesten Sohn von Brendon und Fiona, und ein paar jüngeren Iren. Brendon und Fiona fühlen sich für die Disco zu alt. Wir waren schon spät dran, trotzdem gingen wir vorher noch in die Bar. So früh am Abend sind nur die Kids in der Disco, erklärte man uns.

Wir tranken *Black Russians*. Das ist ein Cocktail aus Wodka und Kaffeelikör mit Guinness und Cola. Sieht sehr schwarz aus, und wenn man zu viel davon trinkt, wird einem wahrscheinlich sogar völlig schwarz vor Augen.

Es war schon nach elf, als wir in die Disco wechselten. Zusammen mit der Eintrittskarte bekamen wir einen Coupon für ein Mitternachtsmahl. Das war ein Hähnchenschenkel und dazu ein paar gekochte Kartoffeln in der Schale. Zum Essen ging man in einen separaten Raum. Wir also auch. Die anderen Gäste waren wohl nicht richtig hungrig. Jedenfalls erinnerten sich etliche daran, wo das herkam, was auf ihrem Teller lag, und ließen die Hähnchenschenkel durch den Raum fliegen. Und die Kartoffeln gleich hinterher. Vielleicht hatten die Leute vorher wie wir *Black Russians* getrunken. Kann es sein, dass die sich negativ auf das Hungergefühl auswirken? Wir kamen jedenfalls auch schnell zu der Überzeugung, eigentlich keinen Hunger zu haben und gingen wieder. Das hatte den Vorteil, dass wir nicht von Hähnchenschenkeln oder Kartoffeln getroffen wurden.

Die Disco war ansonsten wie eine ganz normale Disco, nur dass das aufregende Treiben auf der Tanzfläche plötzlich gestört wurde, als die Stimmung gerade am schönsten war. Die Lichter gingen an, alle standen auf und lauschten mit feierlicher Miene der irischen Nationalhymne. Sehr viele sangen sogar mit. Anschließend gingen alle nach Hause. Also blieb uns nichts anderes übrig, als das auch zu tun.

Nachdem Brendon uns vorgeschwärmt hatte, was für ein tolles Getränk *Potcheen* ist, wollten wir das nun auch gerne probieren. Brendon machte ein betont ernstes Gesicht, weil es *Potcheen* nur schwarz gebrannt gibt. Die Leute auf dem Land brennen ihn heimlich. Dann trinken sie ihn ganz schnell oder verschenken oder verkaufen ihn. Das machen sie, damit keiner mehr da ist, wenn die Polizei kommt und den *Potcheen* beschlagnahmen will. Manchmal sind sie nicht schnell genug. Aber das ist nicht so schlimm, denn unter den Polizisten gibt es welche, die den beschlagnahmten *Potcheen* stibitzen und unter der Hand verhökern. Sofern sie ihn nicht lieber selber trinken. Auf die Schnelle hätte er keinen Schwarzbrenner an der Hand, sagte Brendon, aber jemanden, der beschlagnahmten *Potcheen* besorgen könne, das wäre machbar.

Am Abend führte er uns in eine ziemlich finstere Kneipe, in der wir vorher noch nie waren. Na ja, es gibt in Dundalk angeblich an die 150 Pubs, wie sollen wir die alle kennen? Brendon hat uns erzählt, dass immer wieder Leute versuchen, an einem Abend in jedem dieser Pubs ein Bier zu trinken. *Pub crawl* nennt man das. Geschafft hat es aber bisher keiner. Ich vermute, das liegt daran, dass die Pubs wegen der Sperrstunde schon so früh schließen.

Dieses Pub hier war wirklich ein bisschen altmodisch, noch richtig mit Sägespänen auf dem Fußboden und so. Der Schwarzhändler war schon da, und wir haben uns zu ihm an den Tisch gesetzt und zusammen Bier getrunken. Er sah ganz harmlos aus. Dann hat er mir unterm Tisch etwas, das in Packpapier eingewickelt war, zugeschoben, und dabei haben er und Brendon ziemlich konspirative Gesichter gemacht. Ich habe hinterher zu Eduard gesagt, dass die beiden uns sicher ein wenig auf den Arm nehmen wollten und uns was vorgespielt haben. Uns, den Touris aus Germany. Aber wer weiß?

Den Silvesterabend feierten wir mit unseren irischen Freunden zusammen in einem Pub. Wir hatten vorher Eintrittskarten gekauft. Nicht billig. Dafür war alles frei, Essen und Trinken. Nur gab es eigentlich gar nichts zu essen, außer ein paar armseligen Sandwiches, die kurz vor Mitternacht mit Pappnasen und Pappnhüten zusammen herumgereicht wurden. Damit alle sich verkleiden konnten. Mit den Pappnasen und Pappnhüten. Zu trinken gab es aber reichlich, vor allem Bier.

Da wir die irischen Trinksitten kannten und wussten, dass man in einem Pub keinen Sekt bekommt, hatten Eduard und ich schon am Flughafen im Duty-free-Shop eine Flasche billigen Sekt gekauft. Als wir den Wirt nach Gläser dafür fragten, fand er nach einigem Suchen tatsächlich ein paar Sektgläser. So wurden wir um Mitternacht zur viel bestaunten Attraktion. *Schaut sie Euch an, diese Deutschen da, die feiern mit Champagner.*

Geböllert wurde nicht. Kein bisschen. Das ist hier verboten, und alle halten sich daran. Fürs Böllern ist nämlich allein die IRA zuständig. Die versorgt die Menschen auch mit Benzin. Das ist in Nordirland viel billiger als hier, also bringt die IRA ganze Tanklastzüge voll davon in die Republik. Brendon hat uns stolz einen Zeitungsartikel gezeigt. Einer von diesen Lastzügen wurde vom irischen Zoll auf einer einsamen Landstraße nicht weit von der Grenze angehalten. Darauf zückte der Fahrer einen Revolver und gab einen Warnschuss ab. Blitzschnell sprangen die Leute vom Zoll in den Straßengraben, und der Tanklastzug fuhr weiter.

Die Grenze ist von hier nur ein paar Kilometer entfernt. Und alle fahren gerne in den Norden, weil dort nicht nur das Benzin billiger ist. Lebensmittel sind dort auch billiger, Haushaltsgeräte, Bekleidung. Eigentlich ist dort alles billiger. Brendon sagt, dass die britische Regierung Schuld daran ist. Die will, dass die Menschen in Nordirland sich freuen, dass sie nicht in der Republik leben müssen.

Auch Autos sind dort billiger. Brendon liebt es, uns Preise von Neu- und Gebrauchtwagen vorzutragen. Was sie in Irland kosten und was in Nordirland. Automarke für Automarke, Modell für Modell, Jahrgang für Jahrgang. Wir sind immer mächtig beeindruckt. Dann fragt er uns, wie viel dieses oder jenes Auto denn wohl in Deutschland kosten würde. Er fragt das immer wieder mal, obwohl er weiß, dass wir es nicht wissen. Wahrscheinlich ist er von unserer Unwissenheit genauso fasziniert wie wir von seinem Wissen.

Im Vorgarten steht hier übrigens auch ein Auto. Das gehört Brendon, und er ist es früher gefahren, bis er es nicht mehr fahren konnte, weil er damit gegen eine Mauer gekracht ist. Die Straßen sind hier oft sehr schmal, zu schmal, wenn was entgegenkommt. Das alte Auto hat jetzt keine Nummernschilder mehr. Brendon hat sie abgeschraubt und ist mit einem Freund nach Nordirland gefahren. Da hat er sich einen neuen Gebrauchten gekauft. Dann hat er die alten Nummernschilder drangemacht und ist wieder nach Hause. Er hatte nämlich keine Lust, Zoll für das Einführen eines Autos zu zahlen. Dann hätte er ja bei dem Geschäft nichts gespart. Manche Autos haben hier sogar Aufkleber, wo drauf steht *Frei geboren, zu Tode besteuert*. Die Iren mögen nämlich keine Steuern.

Nach der Silvesterfeier in der Kneipe machten wir bei unseren Freunden weiter. Brendon hatte immer noch den Ehrgeiz, die komischen Vögel aus Deutschland betrunken zu machen. Die komischen Vögel, das sind wir, der Eduard und ich. Vielleicht wäre es ihm in dieser Nacht endlich gelungen, aber dann kam ein Anruf. Ein Freund war mit dem Wagen liegen geblieben. Mitten in der Silvesternacht.

Brendon machte sich auf den Weg, den Freund aus seiner Notlage zu befreien. Wir nutzten die Gelegenheit, uns aus *unserer* Notlage zu befreien und gingen ins Bett.

Es wurde eine unruhige Nacht. Irgendwann, ich habe nicht auf die Uhr geschaut, aber draußen war es noch dunkel, und deshalb hätte ich auch gar nicht sehen können, wie spät es war, da wurde ich wach und hatte das unbestimmte Gefühl, nicht allein im Bett zu sein. Das wunderte mich ein wenig, denn als ich einschlief, hatte ich das Gefühl noch nicht. Ich tastete vorsichtig, ob da wohl wirklich jemand wäre, und tatsächlich, da war jemand. Ich fragte mich – soweit das möglich ist nach einem durchzechten Silvesterabend und wenn man mitten in der Nacht wach wird und noch lange nicht im Vollbesitz seiner geistigen Kräfte ist, weil man noch dringend etwas mehr Schlaf braucht – also, ich fragte mich, wer das sein könnte. Auf die Idee, die Nachttischlampe anzumachen, kam ich nicht. Ich stellte mir als Nächstes die Frage, warum jemand neben mir lag. Ich weiß nicht mehr, welche dieser beiden Fragen mich mehr beschäftigte, jedenfalls schlief ich über meinem angestrengten Nachdenken erschöpft wieder ein. Das lag an dem zuvor konsumierten Alkohol. Als ich das nächste Mal wach wurde, war der Tag angebrochen, und es lag immer noch jemand neben mir. Ich riskierte einen Blick. Es war Eduard! Ich war völlig perplex. Was machte er in meinem Bett? Ich stand auf, ging hinunter, um eine Zigarette zu rauchen und über dieses absonderliche Vorkommnis nachzudenken. Im Wohnzimmer fand ich mehrere Schlafende auf dem Sofa und in den Sesseln. Weil ich keinen von ihnen kannte, ging ich in die Küche. Während ich rauchte, grübelte ich, kam aber zu keinem Ergebnis. Schließlich ging ich wieder in mein Zimmer, weckte Eduard. „He, wach auf! Geh gefälligst in dein eigenes Bett!" Er sah mich schlaftrunken an und trollte sich dann aber, ohne zu widersprechen. Zufrieden legte ich mich wieder hin und schlief noch das eine oder andere Stündchen.

Beim Frühstück erzählte mir Eduard, was in der Nacht schief gelaufen war. Irgendwann war er wach geworden. Das viele Bier, das er im Verlauf des Silvesterabends getrunken hatte, zwang ihn unerbittlich aufzustehen. Das Durcheinander in seinem Kleiderschrank, das er am Morgen vorgefunden hatte, legte Zeugnis davon ab, dass er genau da ein erstes Mal die falsche Tür erwischt hatte. Es ist nachts ja auch immer so furchtbar dunkel. Trotzdem war er schließlich an sein Ziel gelang. Aber auf dem Weg zurück hatte er sich ein zweites Mal in der Tür geirrt.

Manchmal sind auch Iren nicht-irisch. Du weißt, ich liebe Erdnussbutter über alles. Als es sie heute zum Frühstück gab, habe ich mir davon reichlich auf meinen Toast gestrichen. Brendon meinte daraufhin: „Oh, ich sehe, du nimmst gerne ein wenig Brot zur Erdnussbutter." Der Spruch hätte auch von meiner Großmutter sein können. Ansonsten ist das Frühstück so eine Sache: Weil Fiona glaubt, dass ich uneingeschränkt bereit bin, mich auf alles Irische einzulassen, setzte sie mir einen Teller Porridge vor. Das ist so eine Art Tapetenkleister, den man mit Milch und Zucker isst. Eduard gilt in dieser Hinsicht als unsicherer Kantonist, er darf deshalb statt dessen Corn Flakes essen. Gegen alles andere ist nichts einzuwenden: Spiegeleier, Speck, Black und White Pudding. Das, was sie hier Pudding nennen, das ist übrigens so eine Art Wurst aus Rindertalg und Hafergrütze, die weiß ist, solange man kein Schweineblut rein tut. Dann wird sie nämlich schwarz. Man schneidet sie in Scheiben und grillt oder brät sie. Dann kann man sie essen, und es gibt Leute, die tun das sogar.

Gleich nach dem Frühstück haben wir heute unsere Rundreise gestartet. Erste Station: Kilkenny. Wir haben eine B'n'B Unterkunft haben wollen und sind gleich am Ortseingang fündig geworden. Unsere *Landlady*, so nennt man hier eine Frau, die es fremden Leuten erlaubt, in ihrem Haus zu übernachten, zeigte uns das Zimmer. Sie meinte, sie hätte gerade kurz vor unserer Ankunft ein wenig gelüftet, und es war tatsächlich lausig kalt in der Bude. Wahrscheinlich hatte sie den Raum noch nie geheizt. Es war aber auch nichts vorhanden, womit man ihn hätte heizen können. Wozu auch? Niemand ist so blöd und macht im Winter Urlaub in Irland. Später wurde sie wohl von Gewissensbissen gequält und stellte uns eine Elektroheizung ins Zimmer. Dadurch wurde die Temperatur tatsächlich etwas erträglicher. Wir hatten für Notfälle aber auch noch eine Flasche *Southern Comfort* dabei und zögerten nicht, den heutigen Abend zu einem solchen Notfall zu erklären. Anschließend machten wir uns mit wohliger Wärme angetan auf den Weg ins Zentrum von Kilkenny.

Wir kamen zu einem Pub, dem *Langton's*, dass schon mehrmals Irlands Pub des Jahres gewesen war, und tranken dort ein Guinness. Vielleicht waren es auch zwei. Also, ich meine, zwei für jeden. Das Guinness schmeckte dort nämlich wirklich gut. Aber es war so rappelvoll, dass wir weiterzogen zu einem ruhigeren Pub, um herauszufinden, ob das Bier dort auch schmeckt.

Unterwegs kamen wir an einem Schaufenster mit Bildern von Hunden vorbei. Vielleicht ein Laden für Jäger. Die brauchen schließlich Hunde.

Im zweiten Pub saßen wir an einem Tisch an so einer Art Säule mitten drin. Die Mädels, die dort servierten, liefen ständig an uns vorbei. Mal in die eine, mal in die andere Richtung. Es erinnerte uns irgendwie an die Bilder von den Hunden. Ich weiß auch nicht, warum. Jedenfalls wurde einem ganz schwindlig davon. Aber dagegen hilft Bier. Und wenn das nicht hilft, hilft noch mehr Bier. Aber irgendwann hört das Bier auf zu helfen. Dann wird einem davon noch schwindliger.

Gestern waren wir in Cork in einem Pub, in dem ein Weihnachtsbaum stand. Der war genauso bunt wie der bei Brendon und Fiona. Er ist uns vor allem deshalb aufgefallen, weil wir direkt daneben gesessen haben. Es waren keine anderen Tische frei.
Der Weihnachtsbaum war nicht nur furchtbar bunt, die Lichter gingen auch ständig an und aus. Da war aber nichts kaputt, sie sollten das tun. Es war so ein bisschen, wie wenn man nachts auf der Straße eine Baustelle sieht. Aber das Bier war gut. Beamish hieß es. Es sieht aus wie Guinness, der Ge-

schmack erinnert aber irgendwie an Kaffee. Jedenfalls wird es hier in Cork gebraut, und deshalb trinken es die Leute in Cork und Umgebung gerne, und zwar so gerne, dass man es in anderen Gegenden Irlands gar nicht bekommen kann. Wir haben uns beeilt, mehrere Pints davon zu uns zu nehmen in der Hoffnung, dass wir dann die blinkenden Lichter des Weihnachtsbaums besser ertragen können, und es hat funktioniert. Hunde gab es hier im Pub auch wieder keine. Nur junge Mädchen. Das hat Eduard ziemlich zu schaffen gemacht.

Gestern kamen wir in Youghal an. So wie viele irische Namen wird das ganz anders ausgesprochen, als man denkt. Wie, wissen wir auch nicht genau. Ein bisschen so ähnlich, wie der Hund macht. Ich meine natürlich nicht *wau*, sondern *jaul*.

Es war Eduards Geburtstag. Das wollten wir gebührend feiern. Aber Youghal ist kein sehr großer Ort und im Winter ist dort nix los. Wir hätten gerne etwas gegessen. Man verträgt dann das viele Bier viel besser. Aber der Ort befand sich in einer Art

Winterschlaf. Wahrscheinlich kommen im Sommer viele Touristen hier her, sonst würde es im Winter nicht so auffallen, dass sie *nicht* da sind. Nachdem wir uns also die Füße schon ziemlich rund gelaufen hatten und auch ganz durchgefroren waren, weil es irgendwann auch noch angefangen hatte zu regnen, kamen wir zu einem Hotel mit Restaurant, das geöffnet hatte. Aber nicht ganz. Sie hatten Zimmer, das schon, aber nichts zu essen. Winterpause. Wir haben dann wohl sehr enttäuscht dreingeblickt. Oder sehr hungrig. Jedenfalls meinte die Frau an der Anmeldung, sie würde mal in der Gefriertruhe nachsehen, ob noch was zu essen da sei. Sie hat leckere, gefüllte Hähnchenbrust und Pommes gefunden. So kam Eduard doch noch zu einer anständigen Geburtstagsfeier.

Anschließend sind wir in ein Pub am Hafen. Zu trinken gibt es in Irland immer. Im Winter freuen sich die Einheimischen, dass sie auch das noch trinken dürfen, was sonst an die Touristen geht.

An den Wänden hingen dort lauter Schwarz-Weiß-Fotos von den Dreharbeiten zum Film *Moby*

Dick. Den hat man hier gedreht. Weil in Youghal damals alles immer noch so aussah wie vor 100 Jahren.

Mit der nötigen Bettschwere versehen sind wir zu unserem B'n'B spaziert. Wir hatten jeder ein schönes, großes Zimmer, alles picobello in Schuss. Bisschen altmodisch und irgendwie unirisch. Über dem Bettzeug war eine Decke, die dick und schwer war wie ein Teppich, und unten drunter, unter dem Laken, eine elektrische Heizdecke. Wow! Total unirisch! Bei dem nasskalten Wetter eine echte Wohltat. Noch dazu eine völlig unerwartete. Ich lud mein Bett mit kuschelige Wärme auf und kroch dann hinein. Ich schlief sehr gut. Eduard nicht. Er hatte nämlich vergessen, vor dem Einschlafen die Heizdecke auszuschalten. Er ist mitten in der Nacht schweißgebadet aufgewacht und erst mal ganz schön lange im Zimmer auf und ab gegangen, um seinen Kreislauf wieder in den grünen Bereich zu kriegen.

Waterford ist auch ein hübsches Hafenstädtchen, nur dass es nicht am Meer liegt, sondern an einem Fluss. Aber der ist hier so breit, dass das nicht weiter stört. Wie er heißt, weiß ich nicht.

Unsere Unterkunft ist eher kein echtes B'n'B, sondern mehr so eine Art Pension. Wir haben ein Doppelzimmer mit einem Fernseher und einem Heizlüfter an der Wand. Den Fernseher braucht man eigentlich gar nicht. Weil es so kalt ist, dass man den Heizlüfter einschalten muss, und der Heizlüfter ist so laut, dass man den Fernseher nicht mehr hören kann. Na gut, sehen kann man natürlich trotzdem was. Man kann den Heizlüfter auch ausschalten, aber dann heizt er nicht mehr. Außerdem schaltet er sich auch selbst immer gerne wieder mal aus. Er hat nämlich ein eingebautes Thermostat und das misst nicht die Temperatur im Raum, sondern die Luft, die aus dem Heizlüfter kommt. Das geht dann so: Der Heizlüfter heizt etwa 30 Sekunden lang und heult dabei ganz laut. Dann geht er aus. Himmlische Stille. Nach 30 Sekunden geht er wieder an. Lautes Heulen. Und so weiter. Am Ende haben wir uns gesagt, dass Kälte gar nicht *so* schlimm ist. Die Gemeinschaftsdusche dort funktionierte übrigens so ähnlich.

Aber bevor wir Duschen gingen, haben wir geschlafen und davor waren wir in einem Pub, um was zu trinken. Das macht man in Irland immer so.

Aber nach all dem Trinken und Schlafen haben wir dann am Ende halt geduscht. Das war ziemlich gefährlich. Wegen dem an- und ausgehen. Mal kam aus der Dusche eiskaltes Wasser, mal war es brühend heiß. Man musste dafür an nix drehen, das funktionierte von alleine. Es erinnerte fast ein bisschen an die Straße, wo die Autos einfach so den Berg hoch rollen. In der Mitte zwischen kalt und heiß war das Wasser okay. Dann konnte man sich für ein paar Sekunden unter die Dusche stellen.

In Wicklow hatten wir wieder ein richtiges B'n'B. Da gab es eine Art Visitenkarte, wo draufstand, man hätte von dort aus einen wunderschönen Blick auf die Wicklow Bay. Bay bedeutet in etwa so viel wie ganz viel Wasser an einer Stelle, aber wir haben keines sehen können. Wir waren aber auch nicht oben auf dem Dach, und das Frühstück war gut, und das ist ja auch nicht schlecht.

Als wir am Wasser standen und einen Leuchtturm bewunderten, wurde Eduard übrigens von einem Hund angefallen. Er hat ihm nichts getan. Also, Eduard hat dem Hund nichts getan, und der Hund hat Eduard sowieso nichts getan, denn es war ein Golden Retriever. Er hat sich nur an ihm aufgerichtet, um zu zeigen, dass er fast so groß ist wie Eduard, und Eduard hat sich gefreut, weil der Hund ihn offensichtlich mochte.

Heute ist es passiert. Wir sind in die Wicklow Mountains gefahren und es schneite! Unvorstellbar! Schnee in Irland! Es war nicht viel. Keine geschlossene Schneedecke, nur eine Handvoll Schneeflocken, aber im Autoradio hörten wir, der Flugverkehr von und nach Dublin sei komplett eingestellt worden. Da, wo wir waren, hätten wir davon ja sowieso nichts mitbekommen. Wir waren ganz unter uns. Eduard, ich und ein paar Schafe. Eduard wollte sie gerne fotografieren, wie sie so schön malerisch auf der Weide standen. Aber er musste die Batterie von seinem Apparat erst einmal für eine Weile in seine Hosentasche stecken. Wegen der Kälte. Und als er dann so weit war, standen die Schafe im Halbkreis vor ihm. Sie dachten wohl, sie würden was zu fressen kriegen. Und das war irgendwie gar nicht malerisch. Eduard hat sie trotzdem fotografiert. Besser als gar keine Schafe.

Wir sind seit gestern wieder zurück. Um uns eine Freude zu machen, hat Fiona sogar den Weihnachtsbaum im Wohnzimmer stehen gelassen. Dabei wird der sonst an *Little Christmas*, das ist der 6. Januar, abgetakelt und weggeräumt.

Eduard und ich waren froh, unsere Rundreise glücklich geschafft zu haben. Wir saßen mit Fiona und Brendon vor dem Kamin, tranken Bier und gerieten so richtig in eine melancholische Stimmung. Brendon erklärte uns, dass Irland sich verändert.

Früher wäre es selbstverständlich gewesen, dass das Betreten von Privatgrundstücken jedermann freistand. Wenn man zum Beispiel beim Angeln – Brendon ist ein begeisterter Angler! – an einem Fluss entlang zog, stand man manchmal auf dem privaten Grund und Boden von Leuten und niemand störte sich daran, dass man dort angelte. Aber jetzt würden immer mehr Deutsche nach Irland ziehen. Und sie würden ihr Land einzäunen und Schilder mit *Betreten verboten!* aufstellen. Das fänden die Iren ganz seltsam.

Wir waren ganz stolz, dass Brendon uns das erzählte. Das zeigte, dass wir in seinen Augen keine typischen Deutschen sind, sondern schon fast halbe Iren. Wir haben dann zu seinen Worten auch ganz verständnisvoll genickt. Erst als ich im Bett lag, kurz vorm Einschlafen, fragte ich mich, ob wir uns nicht geirrt hatten. Vielleicht hatte Brendon einfach nur die Gelegenheit genutzt, zwei von diesen blöden Deutschen mal seine Meinung sagen zu können. Bevor ich mich für die eine oder die andere Alternative entscheiden konnte, schlief ich dann aber ein.

Paddy hat uns heute in eine Kneipe mitgenommen, wo sie einen Snookertisch hatten. Das hatten Eduard und ich noch nie gespielt, aber im Urlaub in England habe ich mal Snooker im Fernsehen gesehen. Das hatte mich neugierig gemacht. Poolbillard kennt man ja auch in Deutschland, aber das ist gar nicht so einfach. Ich dachte, Snooker ist einfacher. So sah es jedenfalls im Fernsehen aus.

Jedenfalls sind wir mit Paddy in dieses Pub. Im ersten Augenblick war ich schon beeindruckt von der Größe des Tisches. Paddy wusste auch, wie man beim Spiel die Punkte zählt. Für jede Kugel, die man einlocht, gibt es welche. Wenn es die richtige ist, sind es Pluspunkte. Wenn nicht, gibt es Punktabzüge. Die gibt es auch dann, wenn man gar nichts trifft. Eduard und ich hatten nur Minuspunkte. Immer mehr. Weil der Tisch so furchtbar groß war.

Abends wollten wir dann ganz spontan noch mal in ein Pub. Da war aber schon Sperrstunde. Also hat Brendon in einer Kneipe angerufen und gesagt, dass wir dann und dann da sein würden und ans Fenster neben der Tür klopfen. Das Pub war dunkel und sah ziemlich verlassen aus. Aber als Brendon geklopft hat, ging die Tür tatsächlich schon nach kurzer Zeit auf. Wir waren auch nicht die einzigen Gäste. Ich weiß aber nicht, ob die anderen auch geklopft hatten oder ob sie einfach nur geblieben waren, als die Kneipe geschlossen wurde. Jedenfalls schmeckt Bier, das man nach Beginn der Sperrstunde ordert, noch mal so gut. Das sehen die Iren vermutlich auch so, weshalb es da immer noch so voll war. Die Iren können nämlich ganz schön schnell trinken. Da macht ihnen keiner was vor! Die hätten auch locker rechtzeitig fertig werden können.

Heute noch ein letztes irisches Frühstück. Eduard bekommt wieder Cornflakes und ich Porridge. Dann ab zum Flughafen. Da stecke ich diesen Brief ein. Ich bin natürlich längst bei Dir, wenn er ankommt.

Die Fabel vom Habicht und der Nachtigall
(frei nach Hesiod)

Angelockt vom lauten Gesang erspähte der Habicht die Nachtigall im Wipfel eines Baumes, schnellte hinab, packte sie mit seinen Krallen und erhob sich dann mitsamt seiner Beute wieder in die Höhe.

Die Nachtigall beklagte verzweifelt ihr Schicksal und bat den Habicht um Gnade.

„Bedenke doch nur, was für eine schöne Stimme ich habe. Sogar Könige vermochte ich mit meinem Gesang zu erfreuen."

„Wir haben keine Könige mehr. Heute sind alle gleich, und nicht mehr die Könige entscheiden, was schön ist und was nicht. Das entscheide jetzt ich."

„Aber warum gerade du?"

„Spürst du nicht warum?" Und der Habicht drückte der armen kleinen Nachtigall seine scharfen Klauen noch tiefer ins Fleisch. Sie stöhnte auf vor Schmerz.

„Deine Kunst bedeutet mir nichts, für mich taugst du gerade noch als kleiner Leckerbissen. Vielleicht mundest du ja, wie du zu singen meinst."

Die Nachtigall wollte noch ein letztes Mal ihr Lied erklingen lassen, aber der Habicht presste das verbliebene bisschen Leben aus ihr heraus, und sie verschied ohne einen Ton.

Lösungsvorschlag für „Der Teufel"

Der Fremde und Grete lernen sich kennen und sind in dem vom Fremden bei der Witwe Lustenau gemieteten Zimmer intim miteinander. Die unverhofft heimkehrende Witwe überrascht sie. Es kommt zu einer lautstarken Auseinandersetzung, die Buntmann mitbekommt. Am nächsten Abend versucht die Lustenau Gretes Stiefbruder mit ihrem Wissen aufzuziehen. Der stürmt davon, es kommt zu einer Schlägerei mit dem Fremden. Der Fremde wird getötet oder bleibt bewusstlos zurück und erfriert. Grete ahnt, wer für den Tot des Fremden verantwortlich ist und erfindet die Geschichte von der Vergewaltigung durch den Mann mit der Teufelsmaske, um ihren Stiefbruder zu belasten, denn der ist ja einer der Triberger Teufel.
Aber es kann natürlich auch alles ganz anders gewesen sein.